Rizzoli

Jeffery Deaver

Verità imperfette

Due nuovi casi per Colter Shaw

Traduzione di Sandro Ristori

Rizzoli

Pubblicato per

Rizzoli

da Mondadori Libri S.p.A.

ISBN 978-88-17-14984-6

Titolo originale dell'opera:
CAPTIVATED, THE SECOND HOSTAGE

Prima edizione: ottobre 2020

Realizzazione editoriale: Netphilo Publishing, Milano

Verità imperfette

SCOMPARSA

Giovedì 30 agosto

«È scomparsa da un mese. E due giorni.»

Aveva un'espressione così turbata che Shaw si aspettava quasi che l'uomo avesse tenuto anche il conto delle ore.

«Non ha più avuto alcun contatto con lei?»

«Nessuno.» La voce gli si abbassò di un'ottava, si schiarì la gola. «No, signore.»

Erano seduti in un locale che proponeva cucina ASIAN FUSION – o almeno così proclamava l'insegna, anche se Colter Shaw non avrebbe saputo dire in che cosa si differenziasse da un qualsiasi altro ristorante cinese. Aveva ordinato zuppa di wonton, uno strano miscuglio che in teoria da qualche parte doveva contenere anche del brodo di pollo. Nient'affatto malvagia. L'uomo che gli stava di fronte nel séparé era circondato da una muraglia di ciotole – fettine di tofu condite, salse a profusione, una zuppa, involtini primavera e riso. Aveva preso uno di quei menu fissi del pranzo. Dopo aver mandato giù un po' di riso posò le bacchette.

«Io so che è in pericolo, me lo sento. È stata rapita.

Dobbiamo fare *qualcosa*!» Si sistemò meglio addosso la giacca grigia, di marca: «Brooks Brothers» fece in tempo a leggere Shaw all'interno del bavero. I polsini, però, erano logori. La camicia del signor Matthews era bianca, il colletto si stava ingiallendo a contatto con la pelle, e gli andava grande, almeno una taglia di troppo. La cravatta era di un verde acceso, coordinata al fazzoletto nel taschino. Portava un grosso anello d'oro al medio della mano destra.

«È andato alla polizia?» gli chiese Shaw con voce incolore, in forte contrasto con il timbro irregolare e nervoso di Ron Matthews.

«Ma sì, certo. Ho chiamato il giorno dopo che non è tornata a casa. Temevo fosse troppo presto, ma il detective mi ha detto che non ci sono periodi di tempo prestabiliti da rispettare in questi casi.»

In molti Stati si può denunciare la scomparsa di una persona anche dieci minuti dopo averne perso le tracce; sono le autorità a non mettersi subito in moto, a meno che non si tratti di un minore o non ci siano prove che è stato commesso un crimine (il termine standard usato in polizia è di ispirazione sherlockiana: «condotta illecita»).

Matthews si affrettò a confermarlo: «Non mi hanno dato l'impressione di volersi spaccare la schiena, sa? Il detective mi ha spiegato che un sacco di persone scompaiono».

Migliaia e migliaia. Shaw lo sapeva bene.

«Mi ha chiesto – immagino che anche lei vorrà farmi la stessa domanda – se mia moglie aveva avuto dei contatti con qualcuno, quando era via. E sì, Evie ha chiamato un'amica proprio il giorno in cui non è tornata a casa. Ha detto che aveva deciso di fare un viaggetto per allontanarsi un po' da qui. Mi sono sentito in dovere di dire la verità al poliziotto.»

E questa è sempre una buona idea.

Quasi sempre.

«Ma io credo che chi l'abbia rapita l'abbia *costretta* a chiamare la sua amica, per far sì che la polizia non intervenisse. Non ha chiamato me perché chi l'ha rapita deve aver pensato che avrei capito subito che c'era qualcosa che non andava. E aveva ragione. Io e Evie abbiamo un rapporto che...» Matthews si passò la mano tra i folti capelli sale e pepe. «Avrei intuito immediatamente che era nei guai.»

Shaw prese un sorso di Tsingtao. La birra aveva un gusto forte. Poi buttò giù un'altra cucchiaiata di zuppa.

Matthews gli scoccava occhiate rapide e furtive fin da quando lo aveva raggiunto al tavolo; gliene lanciò un'altra anche adesso, esaminando i suoi capelli biondi, tagliati tanto corti da lasciar quasi intravedere il cranio, e la corporatura imponente e compatta allo stesso tempo. Colter sfiorava il metro e ottanta, aveva un volto ovale con la carnagione chiara, occhi blu con spruzzate di grigio. In passato alcune donne gli avevano detto che somigliava a questo o a quell'attore, di solito il protagonista di un qualche film d'azione. Ma era raro che lui li conoscesse, dato che da ragazzo aveva visto al massimo due o tre film all'anno, tra cinema e televisione. E solo a partire dai dieci, undici anni. Prima, nemmeno quelli. Tuttora non dedicava troppo tempo a quel genere di svago.

Indossava la classica tenuta di quando partiva in missione: jeans, camicia sbottonata sul colletto – quella di oggi era blu marino – e una giacca sportiva scura a scacchi. Un abbigliamento sobrio e rispettoso, per mettere a proprio agio clienti e testimoni. Ai piedi le solite Ecco nere senza lacci. Erano comode e offrivano un'aderenza al suolo perfetta. *Non si sa mai.*

La valutazione dell'imprenditore, ovviamente, non si limitava all'aspetto esteriore: era interessato a doti ben più fondamentali. Ma per il momento doveva accontentarsi di prendere in esame la postura ben dritta, gli occhi che non sfuggivano mai il contatto visivo, l'espressione seria – niente sorrisi, niente smorfie, niente chiacchiericcio inutile, solo la più completa e ininterrotta attenzione a ogni singola parola pronunciata dal committente. Il messaggio che Colter voleva inviare era semplice: *La sto ascoltando, e prendo molto sul serio la situazione.* Matthews parve rilassarsi. Abbassò la guardia. Così come accadeva a molti potenziali committenti, non gli passava per la testa che mentre lui studiava Shaw, anche Shaw faceva altrettanto.

Colter gli chiese: «E lei, l'amica di Evelyn, intendo, le ha detto dov'era diretta?».

«No. Ha detto che Evie l'ha chiamata, e questo è tutto. Ho provato a richiamarla un paio di volte ma non mi ha mai risposto.»

Un paio di volte? Una *dozzina* di volte, semmai. Doveva averla inondata di telefonate, fino a che la donna non aveva bloccato il numero.

«Mi racconti com'è scomparsa» gli disse Shaw. «Nel dettaglio.»

«Il mese scorso Evie ha partecipato a un ritiro per artisti fuori Chicago. A Schaumburg, per la precisione. Doveva rimanere lì tutto il weekend. Almeno una volta al mese va in uno di questi posti, fa su e giù per tutto il Paese.» Strinse le labbra in una smorfia. «Sarebbe dovuta tornare domenica notte. E invece non si è fatta vedere.»

«Era in macchina?»

«Sì.»

«Siete sposati da un anno?»

«Tredici mesi. Abbiamo festeggiato l'anniversario il 10 luglio.»

«Telefono?» chiese Shaw.

«Staccato.»

«Ha contattato un investigatore privato?»

«Mi ha scucito più di quanto potessi permettermi. Nessun risultato.»

Gli investigatori privati – con rare eccezioni – erano

fantastici quando si trattava di controllare fedine penali e scavare nel passato di una persona, così come erano perfettamente in grado di spulciare un hard disk per vedere se una dolce fidanzatina avesse per caso avvelenato il primo marito o se in passato le fosse capitato di scatenarsi oltre il lecito durante una libera uscita con le amiche su una spiaggia messicana. Ma per quanto riguarda la parte più puramente *investigativa*, ovvero quando si trattava di alzare il culo e consumarsi le suole delle scarpe, lasciavano parecchio a desiderare.

Ed ecco spiegato come mai due settimane prima, tramite un annuncio pubblicato su Internet e su un quotidiano di Indianapolis, Matthews avesse offerto una ricompensa di diecimila dollari in cambio di informazioni su Evelyn Fontaine. I soci di Shaw in Florida avevano notato l'annuncio e gliel'avevano passato mentre lui, per puro caso, si trovava proprio a Chicago, dove stava portando a termine un'altra missione.

Diecimila dollari non erano molti per un marito convinto che la moglie fosse stata rapita. Ma per Shaw i soldi non erano tutto, anzi. Ad attirarlo era la sfida. La ricompensa, per lui, consisteva nel poter sventolare una bandierina per avere risolto, prima degli altri, un problema. Viveva per quello.

Passò alla domanda standard: qualcun altro l'aveva contattato in merito alla ricompensa? Matthews rispose di sì. Aveva ricevuto delle chiamate da alcune persone, ma aveva capito subito che non avevano informazioni utili e speravano solo in un colpo di fortuna. Erano a caccia di soldi facili, insomma. Nell'ultima settimana, invece, silenzio di tomba.

Uno schema che Shaw conosceva a menadito.

Matthews aprì il portafogli e tirò fuori una foto. Shaw aveva già visto qualche scatto della donna in rete ma quell'immagine era di qualità migliore: un primo piano classico, ben fatto, che ritraeva una donna vicino ai trent'anni con un lungo collo flessuoso e il volto affilato. Aveva un'aria fragile, eppure in un certo senso anche sicura di sé. Più appariscente che bella. I capelli biondo scuro erano raccolti in un elegante chignon finto spettinato. Occhi blu tendenti al violetto, sorriso enigmatico: considerata la sua professione, si disse Shaw, un omaggio forse inconscio – o forse no – alla Monna Lisa.

Shaw fece un cenno del capo a indicare la costosa Mercedes-AMG con cui Matthews era arrivato al ristorante. «Ho fatto delle ricerche sul suo conto. Lei è il titolare di un'impresa che si occupa di attrezzature industriali. È molto ricco?»

Matthews sbatté le palpebre.

«Se è una preda appetibile per chi mira a ottenere un riscatto, devo saperlo.»

Di solito le richieste di riscatto arrivavano presto, nelle prime fasi del rapimento. Ma non sempre.

«Magari un paio di anni fa, o persino l'anno scorso, le

avrei risposto di sì. Ma negli ultimi tempi è stata dura. Tra i dazi e le guerre commerciali, il nostro fatturato è precipitato a valanga. Ho preso la macchina in leasing e sono andato in banca a chiedere di aprire un'altra linea di credito. Forse riuscirei a mettere insieme un milione. Pensa che si tratti di questo? Qualcuno che vuole dei soldi?»

Shaw gli puntò gli occhi addosso. «No. E non lo pensa nemmeno lei.»

Si era formato un'opinione su Ronald Matthews ed Evelyn Fontaine. La storia che gli aveva raccontato l'imprenditore non reggeva; i suoi occhi erano inquieti, evasivi, e si era lasciato prendere dall'emotività in modo sospetto.

L'uomo d'affari abbassò lo sguardo. In mano sua le bacchette, da utensili per portare il cibo alla bocca, erano state declassate a oggetti scaccia-stress. Ne rigirò una tra il pollice tozzo e l'indice, non meno tozzo, della mano destra.

«Le cose non stanno proprio come le ho detto. Immagino che se ne sia accorto. Volevo solo che qualcuno si interessasse alla mia storia al punto da andare a cercarla. Mi sono detto che se lei si fosse convinto che era stata rapita, magari avrebbe dedicato tutte le sue energie al caso.» Un sorriso smorto. «Io sono un venditore. E tutti i venditori abbelliscono la verità per chiudere un affare.»

«Secondo lei che cos'è successo davvero?»

«Non sono stato il marito migliore del mondo, lo ammetto. Oh, lo so a cosa sta pensando. Ma non è così. Non è che la picchio o roba del genere. Ho un brutto carattere, questo glielo può dire qualunque mio dipendente. Ma non le ho mai gridato contro e non le ho mai fatto del male. Non mi è mai nemmeno passato per la testa. *Mai.* Quello che ho fatto, invece… be', non sono stato onesto con Evie.»

«Vada avanti.»

«Ci siamo conosciuti a una serata di gala per il museo cittadino. Io sono uno dei benefattori dell'ente, lei faceva la volontaria. È venuta da me tutta ammiccante, tipo: ma che ci fa un ragazzo affascinante come te in una tana di vecchiacci come questa? Perché, vede, il più giovane dopo di me aveva un'ottantina d'anni. Ci siamo messi a parlare, abbiamo iniziato a uscire insieme. Era tutto così bello. I primi tempi sono stati fantastici. Lei era così brillante. Divertente. E splendida, sul serio. E il… ecco… tra noi… sa…» La sua voce si spense pian piano.

Shaw sapeva che stava cercando un eufemismo per descrivere le prime esperienze bollenti a letto. E sapeva anche che Matthews non sarebbe mai riuscito a completare la frase.

«Era così *ammaliante…*» Un sospiro. «E io ero come ipnotizzato. Ovviamente andavamo insieme alle inaugurazioni di gallerie e musei. Le ho pagato dei viaggi a Parigi e a Firenze, in modo che potesse dipingere nei luoghi dei grandi artisti del passato. Ogni tanto la raggiungevo e lei non stava nella pelle: "Monet *è* stato qui, Gauguin dipingeva là". Ma il fatto è che, in tutta franchezza, io di arte non ci capisco niente.» Poi, sussurrando, come se temesse che la moglie potesse sentirlo: «E nemmeno mi piace. Finanziavo il museo solo per motivi fiscali. Le detrazioni, sa. Ma non potevo certo fingere in eterno. A un certo punto ho iniziato a inventarmi scuse su scuse pur di non accompagnarla in giro. Le cose sono peggiorate quando per tenere a galla l'azienda mi sono dovuto mettere a lavorare di giorno e di notte, weekend compresi.

«Sto impazzendo, signor Shaw. Mi manca così tanto. In un mese ho perso quasi dieci chili.» Si batté il dito sull'anello. «Me lo sono dovuto spostare al medio. Lo perdevo di continuo.»

Fissò il gioiello sgargiante; era uno di quelli che vengono consegnati agli studenti alla fine di un ciclo scolastico.

«Prima mi sono definito un venditore. A dire il vero l'affare non è chiuso se non consegni al compratore ciò che gli hai promesso. E io non ho dato a Evie quello che le avevo promesso.» La sua voce si spezzò. Un respiro tormentato gli sfuggì dalle labbra serrate. Fece finta di grattarsi il naso, mentre in realtà voleva solo asciugarsi di nascosto una lacrima. «Voglio un'altra chance di concludere l'affare. Soltanto questo. Io non sono merce avariata. E non lo è nemmeno il nostro matrimonio. So che posso convincerla.»

Colter Shaw aveva visto molti committenti crollare miseramente davanti ai suoi occhi. Arrivi a offrire una ricompensa solo se un pezzo del tuo cuore si è volatizzato, sparendo chissà dove, nel nulla. È un dolore per il quale non esiste un balsamo adeguato: l'unico rimedio è rimpiazzare il pezzo mancante.

«Avrei dovuto dirle tutto subito.»

Ormai erano dieci anni che Shaw si guadagnava da vivere con le ricompense, e l'esperienza gli aveva insegnato che spesso i clienti dipingevano un quadro della situazione molto, molto diverso dalla realtà. Aveva sviluppato un vero talento nello scovare questi falsi. E non prendeva mai sul personale l'inganno, involontario o consapevole che fosse.

«La aiuterò» disse.

Matthews sorrise un'altra volta. Un sorriso più caldo, adesso, colmo di gratitudine. «La ringrazio. Mi dica, come vogliamo procedere?»

«Le farò delle domande e poi vedrò di trovare Evelyn. Questo è quanto.»

Il manager parve confuso, poi gli chiese: «E le spese?».

«Niente spese. Quelle le tiro fuori di tasca mia. Se la trovo, lei mi darà i diecimila. In caso contrario assorbo io i costi. E se un vicino dovesse chiamarla e dirle dove si trova Evelyn, anche ponendo che io stia andando proprio in quel momento all'hotel in cui alloggia, i soldi saranno di chi l'ha avvertita.»

Il difficile mondo delle ricompense. Si rischiava la borsa... e spesso anche la vita.

«E adesso, ci sono domande?»

Shaw tirò fuori dalla borsa del computer un taccuino rilegato, tredici per diciotto centimetri, trentadue pagine bianche, senza righe. Dal taschino interno della giacca sportiva recuperò una penna stilografica Delta Titanio Galassia. Nera, con tre cerchi arancioni vicino al pennino. Svitò il tappo.

Aprì il taccuino alla prima pagina e per i successivi quindici minuti lui fece le domande e Matthews fornì le risposte. Decine di domande. Le parole fluivano ordinate sulla pagina, una grafia elegante e compatta come le orme lasciate da un passero; ogni lettera seguiva l'altra in una linea perfettamente orizzontale nonostante il foglio non avesse le righe. Come capitava spesso, Matthews lo fissava incuriosito mentre scriveva. Ma al contrario della maggior parte della gente, non fece commenti.

A un certo punto Shaw si disse che poteva ritenersi soddisfatto. Aveva materiale sufficiente per mettersi al lavoro. L'imprenditore si alzò, gli diede la mano. Una stretta più calorosa rispetto a quella che si erano scambiati quando si erano incontrati. Aprì la bocca, ma l'emozione gli impedì di parlare. Fece un respiro profondo, cercando di trattenere le lacrime. «La prego. Mi aiuti.» Si affrettò all'uscita e si infilò nella lucente Mercedes nera. Un secondo dopo la macchina sfrecciava in strada, scomparendo in lontananza.

Colter Shaw era arrivato a Indianapolis a bordo del suo camper Cambria Winnebago lungo nove metri, con cui aveva percorso più di duecentododicimila chilometri nel corso dell'ultimo anno e mezzo. Non amava gli hotel e detestava volare. Il camper era perfetto sia come mezzo di trasporto sia come quartier generale. Ma dato che era ingombrante come una barca non era certo il massimo per andarsene in giro in città, e la sua amata Yamaha YZ 450 FX da motocross non faceva mai una buona impressione sui committenti. Senza contare che allarmava i testimoni, che spesso si rifiutavano persino di parlare con lui.

Allora, quando una missione lo portava in un centro urbano, l'unica soluzione era il noleggio. Avis e Hertz gli avevano fornito una gran quantità di berline anonime nel corso degli anni. Telecamera posteriore, radio satellitare, chilometraggio adeguato. E poi aveva scoperto che le persone si fidano di più quando ti vedono al volante di una Ford Escape o di una Kia.

Dopo aver lasciato il ristorante trovò un campeggio con tariffe ragionevoli per la corrente elettrica e docce pulite. Poi grazie a Uber raggiunse la sede Avis più vicina, dove si fece consegnare una berlina Toyota.

Tornò al parcheggio e la lasciò dietro il Winnebago. Nel camper stampò le email di Matthews. Il manager gli aveva spedito il materiale che gli aveva chiesto: una lista dei familiari, degli amici, dei conoscenti e dei colleghi della moglie scomparsa; l'elenco delle gallerie che esponevano o vendevano i suoi lavori; le chiamate fatte e ricevute da Matthews e i posti che aveva frequentato nel periodo immediatamente precedente e successivo alla scomparsa. L'uomo non se l'era presa quando aveva capito che Shaw lo considerava un possibile sospettato: era la procedura standard, dato che non era insolito che un marito offrisse ricompense anche sostanziose per sbandierare la propria innocenza dopo essersi sbarazzato della moglie.

A quel punto Shaw chiamò il *suo* investigatore privato. Mack – l'eccezione che confermava la regola circa i dubbi che Colter nutriva riguardo a chi faceva quel tipo di lavoro – avrebbe spulciato il passato di entrambi i protagonisti di quella storia: fedina penale, porto d'armi, tutto. Alcune di queste informazioni non erano di pubblico dominio ma Mack era unica nel mondo degli investigatori privati: quello che per la maggior parte dei colleghi era off-limits raramente per lei era irraggiungibile.

Nel frattempo, lui si dedicò alla ricostruzione degli spostamenti di Matthews a ridosso della scomparsa di Fontaine, dopo il workshop di Schaumburg. Quello che trovò gli confermò, pur con qualche buco, che in quei giorni Matthews si trovava a Indianapolis. Non era una prova definitiva, ma per il momento poteva cancellarlo dalla lista dei sospettati.

Consultò il taccuino.

Data: 30 agosto
Committente: Ronald Matthews, 52 anni, residente al 2094 di Shady Grove Lane, Indianapolis, Indiana.
Scomparsa: Evelyn Maude Fontaine, 29 anni, residente nell'Indiana, coniugata Matthews da 13 mesi.

- *EF: Impiego part-time come professoressa di belle arti specializzata in tecniche di disegno e pittura presso l'Indiana Concord College of the Arts di Indianapolis.*
- *EF è in possesso del passaporto ma non ha contatti oltreoceano; improbabile che sia andata all'estero.*
- *La sorella di EF è a Dayton, Ohio. Non sono molto legate. La sorella sostiene di non essere stata contattata da EF dopo la scomparsa.*
- *Disponibilità economica di EF: sconosciuta. Di tanto in tanto vende i suoi dipinti, ma non ne ricava granché. L'insegnamento è un'altra fonte di introiti. RM le dà soldi, ma sempre meno nel corso dell'ultimo anno, a causa di difficoltà finanziarie. Probabilmente non hanno grossi risparmi.*
- *Sito web/Facebook/Twitter: attività personale ridotta al minimo. I post vertono soprattutto sui dipinti, ci sono link alle gallerie che espongono i suoi lavori. Nessuna traccia online dopo la scomparsa.*
- *Nessuna richiesta di riscatto. Un rapimento a scopo di profitto sembra improbabile, alla luce delle difficoltà finanziarie dell'azienda di RM.*
- *EF e RM sono ex membri del Charter Lane Country*

Club al 10334 di Hunter Grove Road, Indianapolis. Hanno cancellato l'iscrizione due mesi fa per risparmiare.

- *EF e RM sono membri del Fitness Plus Health Club al 494 di Akron Avenue West, Indianapolis.*
- *RM è già stato sposato. Ha divorziato dieci anni fa, senza rancori. La ex moglie vive a San Diego. Non si sentono da anni.*
- *Per EF invece questo è il primo matrimonio. Negli ultimi dieci anni ha convissuto con tre uomini diversi, per periodi variabili: da un minimo di diciotto a un massimo di ventiquattro mesi. Le storie sono sempre finite in modo amichevole.*
- *Nessuna denuncia né segnalazione di eventuali stalker.*
- *EF possiede una Jeep Cherokee color oro ultimo modello. Targa dell'Indiana,* HNC877.
- *Non risultano relazioni extraconiugali né da parte di EF né di RM.*
- *Possiedono un'arma, una Glock 9 millimetri. È ancora in casa, EF non l'ha portata con sé (Mack effettuerà tutte le verifiche del caso). RM ha una licenza per il porto d'armi occulto.*
- *EF: nessun precedente penale (Mack verificherà).*
- *RM: nessun precedente penale, nessuna segnalazione per violenze domestiche (Mack verificherà).*
- *Le carte di credito sono intestate a EF, RM non ha accesso ai dati degli acquisti recenti.*
- *EF ha partecipato al ritiro* Artisti nella prateria *che si è*

svolto dal primo al 3 agosto a Schaumburg, Illinois. L'organizzatore conferma la presenza di EF. Sostiene che se ne sia andata dopo l'ultima lezione. Non sa nulla dei suoi successivi spostamenti.

- *Il telefono di EF non è attivo.*
- *EF non ha precedenti di instabilità mentale o emotiva. Nessun incidente imputabile a tendenze autolesioniste o suicide.*
- *Nessun altro cacciatore di ricompense serio ha contattato RM.*
- *RM dichiara di essere stato a Indianapolis il giorno della scomparsa di EF, così come quello precedente e quello successivo. I dati a disposizione lo confermano, per quanto incompleti.*
- *RM fornirà una lista di amici e conoscenti di EF, e anche delle gallerie con cui intrattiene rapporti di lavoro.*

Lista fornita.

Shaw mise via il taccuino per rispondere a Mack. L'investigatrice privata gli disse che sì, Matthews aveva in effetti una licenza per il porto d'armi occulto, e c'era solo un'arma registrata a suo nome, la Glock di cui lui stesso aveva parlato a Shaw. Fontaine non aveva porto d'armi né pistole registrate a suo nome.

La fedina penale di Matthews era pulita. Come aveva dichiarato, a suo carico non c'erano ordinanze restrittive né segnalazioni di violenze domestiche.

Evelyn Fontaine non aveva avuto problemi con la legge da adulta, tuttavia da ragazzina era stata fermata due volte per taccheggio, a quattordici e a quindici anni. Nella prima occasione le cose si erano risolte quando il proprietario del negozio aveva ritirato la denuncia; la seconda volta, invece, il procedimento era andato avanti e la ragazza era comparsa di fronte al giudice. Se l'era cavata con la libertà vigilata dopo aver dichiarato al pubblico ministero di aver rubato vernici e pennelli per realizzare dei quadri da vendere alle fiere, e poter così contribuire al bilancio familiare. Il padre, infatti, alcolizzato e drogato, aveva continuamente problemi con la legge e non riusciva a tenersi alcun lavoro.

Shaw ricordò l'espressione offesa e accigliata di Matthews quando gli aveva chiesto se la moglie fosse mai stata arrestata. Erano comunque incidenti di poco conto, all'epoca Evelyn aveva solo quindici anni. Non c'era motivo di informare il committente.

Lasciò il salottino del camper e si preparò una bella tazza di caffè con la sua miscela da Santa Barbara in Honduras. Ci versò dentro un po' di latte e si rimise a sedere. Bevve lentamente, riflettendo sulle scelte strategiche da fare per impostare la ricerca di Evelyn Fontaine.

Quando Colter aveva quattro anni, il padre aveva improvvisamente portato via la famiglia da San Francisco, trascinando la moglie e i tre figli in una enclave nel cuore della natura selvaggia della California orientale. Era stata un'infanzia decisamente alternativa, che però aveva garantito al ragazzo dei vantaggi non indifferenti. I suoi genitori erano professori stimati presso un'università prestigiosa: gli avevano impartito un'educazione rigorosa, senza noiose routine e senza confinarlo tra le quattro pareti di una classe. E anzi, altro che classe: aveva vissuto immerso in uno scenario naturale assolutamente spettacolare. Mille acri di terreno aspro e ostile. La semplice sopravvivenza pretendeva un incessante lavoro, che metteva la sordina all'inquietudine perenne di Colter.

La Tenuta – era questo il nome che Ashton e Mary Shaw avevano dato alla loro proprietà – non era esattamente la meta che ci si aspetterebbe per la classica coppia amante del pensiero libero, decisa a superare le limitazioni imposte dalla vita cittadina. Il percorso che aveva portato gli Shaw in quel luogo remoto era stato a dir poco accidentato. Ashton si era spinto fino a prendere una decisione tanto radicale perché si sentiva costantemente avvolto in una nube fosca: una minaccia che poteva essere reale, certo, ma poteva anche essere il frutto avvelenato di una mente brillante eppur minata dalla paranoia. Anni dopo Shaw si era reso conto che il padre era un survivalista estremo, meno sciroccato di altri ma animato da un costante sospetto nei confronti degli estranei. Uno spietato istruttore di stampo militare che insegnava ai suoi figli a proteggersi da ogni pericolo, in qualsiasi circostanza.

Mai pensare di essere al sicuro. Mai rendersi vulnerabili. Mai confidare in aiuti esterni. Mai rimanere sprovvisti di un'arma. E mai dare per scontato che l'interlocutore sia disarmato.

Shaw e il fratello maggiore, Russell, avevano coniato un soprannome per il padre. Il Re del Mai.

Una delle tattiche di sopravvivenza che Ashton Shaw aveva inculcato ai figli era la scienza delle percentuali: *Mai affrontare una situazione o una minaccia senza un adeguato calcolo delle probabilità.*

Dovevi attraversare un lago su cui si era formata una lastra di ghiaccio spessa due centimetri e mezzo a febbraio? Le possibilità che si rompesse facendoti precipitare nell'acqua gelida si attestavano intorno all'otto per cento. Abbastanza esigue, quindi, ma non disprezzabili: il che significava che era importante portarsi dietro un kit di sopravvivenza impermeabile, ma non era necessario indossare una soffocante muta subacquea sotto il vestiario tecnico per l'escursionismo.

Le possibilità di perdersi di notte su un sentiero già percorso in passato? Intorno al quindici per cento. Portati dietro bussola, mappe, cerini e cibo sufficiente per due giorni, non per due settimane.

Speranze di battere in velocità un puma? Due per cento. E se invece quello stesso puma lo affronti? Le tue possibilità di scamparla si alzano fino al sessanta per cento («Direi più vicine al cento per cento, se ti porti la calibro 45» come un giorno ebbe a puntualizzare con logica impeccabile la sorellina di Colter, Dorion).

Le percentuali che Shaw assegnava alle varie opzioni orientavano ogni singola scelta che prendeva. E adesso passò a soppesare il caso Evelyn Fontaine.

Possibilità che Matthews l'abbia rapita/uccisa: uno per cento.

Che abbia pagato qualcuno per rapirla/ucciderla: due per cento.

Che il responsabile sia una terza persona, e il marito non ne sappia nulla: sette per cento.

Fontaine è fuggita per scappare da Matthews, colpevole di violenze domestiche mai venute alla luce: dieci per cento.

Fontaine se n'è andata di sua spontanea volontà, insoddisfatta di una relazione che soffocava la sua individualità e la sua carriera: cinquanta per cento (non aveva le risorse per rendere percorribile questa strada).

Fontaine, ingabbiata in un matrimonio infelice, ha lasciato Matthews per un altro: ottanta per cento. Una percentuale più alta rispetto alla precedente perché, a quanto pareva, la donna non amava stare da sola, preferiva avere un compagno. Del resto, aveva convissuto con tre uomini prima di Matthews. E poi, avrebbe comunque avuto bisogno di una fonte di reddito alternativa.

Fontaine, ingabbiata in un matrimonio infelice, ha lasciato Matthews per un altro, e l'altro in questione frequenta il mondo dell'arte: ottantacinque per cento. Con un imprenditore che l'amava ma non nutriva alcun interesse per la sua passione era ovvio che le cose non andassero bene. Un eventuale amante doveva essere facoltoso, magari un artista ma di certo non un morto di fame come lei.

Basandosi sulle sue analisi, Shaw decise che non avrebbe seguito, almeno per il momento, nessuna pista collegata alla palestra o al country club a cui erano iscritti i coniugi. Non avrebbe nemmeno indagato sui vicini o sull'ambiente raffinato in cui vivevano, dove Fontaine avrebbe potuto conoscere un amante o uno stalker. No, meglio concentrarsi sul college dove Evelyn insegnava, sulle gallerie con cui era in rapporti d'affari e sui contatti all'interno della scena artistica di Indianapolis. Ron Matthews avrebbe potuto procurargli qualche nome.

Chiuse a doppia mandata il Winnebago. Con anni di lavoro alle spalle, Colter aveva contribuito a localizzare numerosi fuggitivi e criminali, che grazie a lui erano finiti in severi e tetri luoghi di villeggiatura per periodi più o meno lunghi. Molti di questi ospiti forzati dello Stato avevano promesso a loro volta delle «ricompense» a chiunque avesse staccato la testa dal collo di Shaw. Inevitabile, quindi, che prendesse molto sul serio le misure di sicurezza. Salì a bordo della Toyota, raggiunse il centro città e iniziò le ricerche a partire dal college.

L'Indiana Concord College of the Arts era un classico istituto cittadino: un mirabile esempio della smorta architettura di metà anni Settanta, con i suoi quattro piani di metallo e stucco giallo pallido, tutto scrostato e macchiato per colpa di un budget troppo risicato che ne impediva un'adeguata manutenzione. Si sentiva un odore acre, con ogni probabilità dovuto all'uso di vernici e sostanze tipo trementina, olio di lino e solventi vari. E poi si avvertiva anche il sentore dei reagenti chimici per lo sviluppo, il fissaggio e il bagno d'arresto delle foto in camera oscura.

Erano le 17:30 e le lezioni riservate agli adulti stavano per iniziare. Gli studenti dovevano essere per la gran parte quadri d'azienda, venditori, segretari e via dicendo: professionisti più o meno insoddisfatti del proprio impiego alla ricerca di una svolta nel magico mondo della creatività. Sciamarono attraverso le porte girevoli, sporche e mal curate. Avevano tutti un'aria stanca dopo una lunga giornata di lavoro, resa ancora più lunga dalle loro sfuggenti aspirazioni.

Shaw fermò studenti e insegnanti, chiese a destra e a manca se qualcuno conosceva Fontaine. Non era un poliziotto e non aveva alcuna autorità per costringere un privato cittadino a rispondere alle sue domande. Ogni volta che avvicinava qualcuno si presentava in modo educato, tirava fuori il cellulare e mostrava la foto di Evelyn. Diceva che era scomparsa e che lui stava «aiutando la famiglia a trovarla». Il che era abbastanza vero.

I risultati che ottenne quel giorno erano in linea con ciò che si aspettava: molte delle persone che avvicinò rifiutarono di collaborare, ma non perché avessero qualcosa da nascondere. Semplicemente non si fidavano di un estraneo che li importunava con una richiesta insolita. E anche quanti accettarono di rispondergli, o non conoscevano Fontaine oppure non avevano idea di che fine potesse aver fatto; nessuno sapeva se frequentasse abitualmente un uomo (o una donna) o se fosse stata presa di mira da uno stalker.

Quando chiese se qualcuno avesse notato dei tratti particolari in lei, o avesse qualcosa di specifico da dire, ottenne risposte tutte uguali: Evelyn era un'artista brillante che approfittava di ogni momento libero per disegnare e dipingere. Aveva confidato a un collaboratore che insegnava solo per mettere da parte un po' di soldi: appena la lezione finiva, schizzava in qualche studio per prendere in mano colori e pennello.

Shaw si infilò in un diner e si sedette a un tavolino traballante. Tra un sorso di caffè e un morso a un club sandwich, telefonò a cinque o sei contatti della lista che Matthews gli aveva fornito. Quattro di loro non risposero – inclusa l'amica che Fontaine aveva contattato subito dopo essere scomparsa. I due che invece presero la chiamata non gli furono di nessun aiuto.

Finì la cena e chiamò le gallerie che Matthews aveva incluso nel suo elenco. Si fece comunicare gli orari di apertura. Due non avevano ancora abbassato le serrande.

La prima fu un buco nell'acqua.

La seconda, invece, gli diede delle risposte. Più di quante sperasse, in realtà.

Quando entrò, il proprietario si apprestava a chiudere. Era un uomo affabile, sulla cinquantina o giù di lì, con un'ampia camicia bianca ricamata, da nativo americano, e jeans. Stava perdendo i capelli; i pochi che gli restavano, di un castano tendente al grigio, li teneva raccolti in una coda. Era alto quasi uno e novanta, con una bella pancia tondeggiante su gambe sottili. Portava un paio di occhiali con la montatura spessa e nera. Stava compilando un registro.

Si chiamava David Goodwin. Quando Shaw gli chiese se conoscesse Evelyn Fontaine, annuì con vigore. «Ha portato delle sue opere da noi un paio di volte. Spero che prenderà in considerazione l'idea di esporre ancora qui, al suo ritorno.»

Il sangue cominciò a pompare con forza nelle vene di Shaw. «La signora è scomparsa.»

«Nel senso che non è a Muncie?» Il volto rugoso del gallerista si incupì.

«Muncie?»

«È da un po' che non la sento, saranno due, tre mesi, ma ricordo bene che mi aveva detto di voler trascorrere il mese di agosto in qualche ritiro per artisti. Uno era a Schaumburg, in Illinois. Dopo, lei e Jason dovevano andare in quel posto a Muncie... lei è un suo amico?»

«Jason?»

«Jason Barnes. Anche lui ha una galleria, su a Chicago.» Il viso di Goodwin si contrasse in una smorfia. «Molto bella. Più grande della mia. Ma tratta Espressionismo Astratto. Per come la vedo io, quella roba non risorgerà mai dalla tomba...»

«E chi sarebbe questo Jason, di preciso?»

«Be', il suo ragazzo. Non lo sapeva?»

Venerdì 31 agosto

L'ipotesi a cui Shaw aveva assegnato l'ottantacinque per cento di probabilità si rafforzava di minuto in minuto. A dar retta a David Goodwin, Fontaine si era fatta l'amante, e un amante danaroso, se la galleria «più grande» faceva profitti.

Come talvolta gli accadeva con le situazioni di conflittualità domestica – che spesso hanno risvolti amari, per non dire tossici – si chiese se non fosse meglio girare i tacchi e andarsene. Di certo avrebbe avuto tutto il diritto di farlo.

La casa spartana in cui Colter era cresciuto con suo fratello e sua sorella aveva delle librerie che ospitavano quasi diecimila volumi, tra cui un'intera collezione di tomi di pratica legale. Negli anni dell'adolescenza Colter aveva passato lunghe ore chino su quelle pagine, affascinato dall'intenso spettacolo della vita riflessa dal prisma della conflittualità umana e risolta in ultima istanza in un tribunale.

Quasi tutti i contratti sono «bilaterali», ovvero entrambe le parti concordano di rispettare vicendevolmente determinati obblighi. Quelli che hanno per oggetto una ricompensa, invece, sono «contratti unilaterali». Il committente si offre di corrispondere una ricompensa, di solito con un appello pubblico. Ma nessuno è obbligato a guadagnarsela. L'accordo diventa vincolante solo nel momento in cui il cacciatore di ricompense soddisfa la richiesta.

Di conseguenza, quando si metteva alla ricerca di un fuggiasco o di una persona scomparsa, Shaw non era mai soggetto a doveri di nessun tipo. Se voleva portare avanti la missione, lo faceva. Se voleva tirarsi indietro, per un motivo qualsiasi (o anche per nessun motivo in particolare), se ne andava e basta. Non aveva mai preso in considerazione l'idea di fare il poliziotto o l'investigatore privato proprio per questo.

L'inquietudine…

In quel caso, decise di andare fino in fondo. A bordo della Toyota raggiunse la periferia di Muncie, Indiana. La sua prima impressione era che Ronald Matthews fosse più o meno quello che diceva di essere: un uomo di mezza età che aveva perso la testa per una donna *ammaliante*, e che era ancora innamorato della moglie. Meritava di trovare una risposta alla domanda che lo tormentava: lui, l'abile venditore, sarebbe stato ancora capace di rendersi appetibile nelle nuove, risistemate vesti di marito consacrato al matrimonio?

Era quasi mezzogiorno, il cielo splendeva di sfumature turchesi, il termometro lambiva i trentasei gradi. Muncie era una città industriale dall'atmosfera ottocentesca, una piccola Detroit. Il centro gravitazionale del mondo si era spostato verso la tecnologia, verso la terra promessa della manodopera domiciliata oltreoceano. Era stato un duro colpo, la città aveva barcollato ma si era rifiutata di andare al tappeto. Teneva duro.

Muncie era piatta. Non aveva nulla di verticale. Gli edifici erano bassi, i terreni che la circondavano pianeggianti. Onnipresenti facciate di mattoncini rossi. Attraversò una zona in rovina. Uomini scheletrici, quasi tutti bianchi, se ne stavano seduti con pipette per metanfetamina scheggiate o bottiglie di liquori al malto, strappate dal loro sudario unticcio di carta marrone. La Toyota scura avrebbe anche potuto essere un'auto civetta della polizia, eppure non mostrarono il minimo interesse quando la videro passare. Nessuno nascose le bottiglie nelle buste, nessuno mise via la droga. Non che fossero ostili: il loro non era un atteggiamento di sfida, semplicemente se ne fregavano.

Shaw proseguì e superò l'elegante Ball State University. L'istituto aveva preso il nome dai cinque fratelli Ball, che avevano portato la loro vetreria a Muncie sul finire del diciannovesimo secolo, quando la città prosperava grazie ai giacimenti di gas naturale scoperti da poco. Shaw sentì un brivido di nostalgia. Insieme a suo fratello Russell e sua sorella Dorion aveva aiutato la madre a mettere sottovuoto le scorte alimentari per l'inverno. Usavano sempre barattoli della Ball. Non sapeva che avessero radici nel Midwest.

Inoltre, Shaw aveva scoperto che proprio a Muncie erano stati condotti i *Middletown Studies*, la famosa indagine sociologica di Robert Staughton Lynd e Helen Merrell Lynd, incentrata sulla tipica cittadina americana di piccole dimensioni. Insomma, Muncie era una città orgogliosa della sua ordinarietà.

Lasciò la Toyota in un parcheggio deserto sulla Jefferson, in centro, e si mise a caccia del ritiro per artisti di cui gli aveva parlato David Goodwin. Il gallerista aveva aggiunto che conosceva bene quel mondo e quindi sapeva che di solito si trattava di iniziative private, che non venivano pubblicizzate in rete per assicurarsi che partecipassero solo veri artisti. Ecco perché Shaw non aveva trovato nulla durante le ricerche preliminari.

Cominciò dalle gallerie d'arte della zona. Le prime tre erano in pratica dei negozietti che vendevano robaccia kitsch: stralunati gattini e cagnolini realizzati con dadi e bulloni, targhe con frasi motivazionali tipo *Volere* è *potere*, cristalli, bigiotteria, tazze, e così tanta paccottiglia di ceramica da poterci riempire una cava, volendo. Le pareti ospitavano serigrafie prodotte in serie e foto di scene rurali.

Come immaginava, i dipendenti, quasi tutti adolescenti, non avevano mai sentito parlare di ritiri per artisti.

La quarta galleria gli sembrò subito più promettente. Tanto per cominciare, somigliava a una *vera* galleria d'arte: proponeva quadri di un certo livello, bozzetti, foto e sculture. E tre lavori di Evelyn Fontaine.

Dietro al bancone era seduto un uomo smilzo in jeans, bretelle nere e camicia azzurra. Gli rivolse un sorriso radioso, con un'aria da *Ti prego, compra qualcosa*. «Salve.»

«Salve.»

Aveva una barba ben curata e una massa di capelli bianchi e cespugliosi schiacciati sotto un berretto da marinaio. Shaw indicò i dipinti di Fontaine: un denso incendio di rossi scuri, violetti e neri. Tutti di quasi mezzo metro per lato. «Vengo da Indianapolis. Ho sentito dire che Evelyn si trova a Muncie. Speravo avessero organizzato una personale, ma non ho trovato nulla in rete. Mi sono detto che tanto valeva prendere la macchina e tentare la sorte.»

Shaw era un uomo taciturno per natura, ma sul lavoro sfoggiava una bella parlantina: metteva i sospetti a loro agio e spingeva anche i testimoni più reticenti ad aprirsi.

«Evelyn Fontaine è in città? Davvero?» Il gallerista ruotò su se stesso e lanciò un'occhiata adorante ai dipinti. «Un talento naturale, eh?»

«Ah, può dirlo forte.» Shaw socchiuse gli occhi per esaminare il quadro al centro. «Oh, quello è un ritratto.» La sua sorpresa era sincera: in un primo momento non si era accorto che sulla tela fosse immortalato il volto dell'artista.

«Ci si mette un po' a notarlo, eh?»

Shaw era colpito.

Sul bancone erano impilati degli opuscoli. Materiale informativo su Fontaine. Shaw ne prese uno.

Evelyn Maude Fontaine è la fondatrice del Movimento Pittorico Stratificante. Comincia con un abbozzo realistico del suo soggetto, su una tela vuota; poi vi dipinge sopra, seguendo le linee che ha tratteggiato e apportando continue variazioni. Infine aggiunge strati addizionali, ciascuno ispirato da quello sottostante e allo stesso tempo diverso. Spesso Evelyn dipinge dozzine di strati fino a realizzare, come ama dire, «la mia visione del soggetto». Le sue tele possono contare fino a quaranta, cinquanta strati di vernice, e pesano svariati chili.

Shaw chiese se poteva tenere il volantino. Quando il gallerista annuì ripiegò il foglio patinato e se lo mise nella tasca posteriore. «A quanto so Evelyn soggiorna presso un ritiro, una residenza per artisti. Ha idea di dove potrebbe essere?»

«Ah, non lo so proprio. Mai sentito parlare di nulla del genere da queste parti. Infatti li chiamano *ritiri*.»

Più o meno quello che gli aveva detto David Goodwin, anche se ora nella voce del gallerista si percepiva una sfumatura ironica.

Decise di non chiedergli il numero di telefono e di non lasciargli i suoi contatti. Non voleva rischiare di spaventare Evelyn.

Però chiese: «Conosce Jason Barnes?».

«Chi?»

«Un amico di Evelyn. Possiede una galleria a Chicago specializzata in Espressionismo Astratto.»

Il gallerista gli parve divertito.

Espressionismo Astratto. Quella roba non risorgerà mai dalla tomba...

«No. Mi dispiace.»

Shaw fece il giro delle altre gallerie in città, anche se non si aspettava chissà quale colpo di fortuna. E invece dovette ricredersi.

Nell'ultima, sulla Jefferson, la donna sulla cinquantina con i capelli crespi che trovò dietro al bancone gli confidò che aveva sentito dire in giro che Fontaine partecipava a un ritiro informale fuori città, a una quindicina di chilometri da Muncie, da qualche parte lungo la Route 83. Lì avevano formato un collettivo, si chiamavano Creative Commons. E sì, con lei c'era anche un artista che si chiamava Jason – cognome sconosciuto.

Shaw tornò alla Toyota, aprì il portabagagli ed estrasse dalla borsa del computer una mappa McNally pieghevole. Guardò le strade deserte, fermo immobile sul marciapiede rovente. All'angolo c'era un bar che sembrava aperto, ma non era facile capirlo dato che in giro non si vedeva anima viva.

Colter Shaw era cresciuto senza Internet, senza tele visione. Il cinema più vicino alla Tenuta era a trenta chilometri di distanza. Trenta chilometri di terreno difficile e ostile, tra l'altro. L'ascolto della radio era tollerato, ma non incoraggiato. Usare il ricetrasmettitore invece era proibito, tranne che per le emergenze: Ashton temeva che i segugi delle onde radio potessero mettersi sulle loro tracce. Un monito che turbava molto i suoi figli, e non tanto per la minaccia in sé: lo vedevano come l'ennesimo segno del progressivo declino mentale del genitore. Tuttavia, nel corso dei viaggi per andare a trovare la famiglia a Seattle o a Austin, Shaw aveva scoperto i film. Suo zio gli aveva fatto conoscere il noir, che presto era diventato il suo genere preferito.

Quel bar – logoro, sporco, collegato al mondo esterno solo da una vecchia porta che cigolava in modo terribile – sarebbe stato il set perfetto per un classico. Fumoso anche senza l'ombra del fumo, privo di luce. Era più malridotto dei suoi clienti, sei uomini e due donne in età da pensione, e altrettanti giovani intorno ai trent'anni in pausa pranzo dopo una mattinata passata a sgobbare in qualche cantiere. Chi si faceva una birra, chi un liquore, chi entrambi. Tutti bianchi, come i disperati che Shaw aveva visto in strada.

Si appollaiò su uno sgabello instabile e ordinò una Ipa artigianale del posto insieme a un chili senza fagioli. Aprì la mappa, studiò la Route 83, una strada tortuosa lunga una ventina di chilometri abbondanti, che conduceva fino a una piccola città a ovest. Notò alcune costruzioni che avrebbero potuto essere riadattate a ritiri per artisti.

Ma non era ancora il momento di attaccare con l'ultima parte della sua ricerca.

La birra era buona, il chili eccellente. Shaw decise che non poteva semplicemente dire a Matthews dov'era Evelyn, intascare la ricompensa e ripartire. No, una moglie che scompare all'improvviso, un marito distrutto dalla sua assenza e armato di Glock… C'era il potenziale per scatenare un vero disastro, per quanto fosse un'ipotesi remota. Intorno al cinque per cento, forse? Avrebbe dovuto chiedere a Matthews di farsi tutta la strada in macchina fino a Muncie senza rivelargli l'esatta posizione della moglie. Solo dopo averlo perquisito – *Mai dare per scontato che l'interlocutore sia disarmato* – lo avrebbe accompagnato al ritiro. Lui sarebbe rimasto nei paraggi: avrebbe dato il tempo a Matthews di sfoggiare le sue arti persuasive con la moglie, tenendo però sempre il dito sul telefono, pronto a chiamare il 911, se necessario. Se le cose si fossero messe male, ovviamente, sarebbe anche potuto intervenire di persona.

Shaw pagò e uscì dal locale, consegnandosi al soffocante abbraccio dell'umidità e del calore. Raggiunse il parcheggio. Si fermò di botto vicino alla Toyota.

Una gomma a terra.

Strano. Non capitava quasi mai con le macchine prese a noleggio. Le ruote sono sempre la prima cosa che le concessionarie ispezionano al momento di consegnare una vettura.

Poi gli venne in mente un altro pensiero: come mai l'ultima gallerista sapeva tutte quelle cose sui Creative Commons e sulle attività di Evelyn Fontaine, mentre il tizio con il berretto da marinaio, che pure i suoi lavori li vendeva, non aveva mai sentito parlare del ritiro e non aveva idea che l'artista fosse in città?

Le sue riflessioni furono spezzate da un rumore alle sue spalle. Passi. Qualcuno che correva.

Non ebbe il tempo di girarsi che gli furono addosso. Due uomini, grossi. Mani forti gli si chiusero sulle braccia e lo trascinarono in un vicolo.

«Gliel'hai detto?» La voce di Evelyn Fontaine era un sussurro spezzato. «Hai detto a Ron dove mi trovo?»

Fontaine e il giovane Jason Barnes non l'avevano portato in uno degli edifici diroccati del centro – che, rifletté Shaw, sarebbero stati a loro volta dei set perfetti per un noir, magari per una scena in cui l'infiltrato viene torturato a morte. Si trovavano invece in un confortevole caffè della catena Java Joe.

«No, non gliel'ho detto» rispose Shaw all'artista.

Gli intensi occhi color lavanda di Fontaine si conficcarono in quelli blu di Shaw. «Lo spero. Lo spero proprio. Sennò sono morta.»

Come gli aveva rivelato la foto nel portafoglio di Matthews, non era una donna bellissima, per quanto il marito affermasse con forza il contrario: il volto era allungato e spigoloso, il mento troppo severo. Ma era un viso che a Shaw ricordava le imperatrici consorti dei sovrani romani, con i capelli sistemati in un'acconciatura esotica e attentamente disordinata, e il fisico allo stesso tempo esile e voluttuoso. Il carisma, che dalla foto filtrava appena, di persona risaltava appieno. Emanava fascino. E quei grandi occhi viola...

Evelyn Fontaine era davvero ammaliante.

Indossava dei jeans marroni aderenti e una camicetta leggera color fiordaliso. Un duecento grammi buoni di braccialetti di metallo sottile le circondavano i polsi. Gli orecchini erano conchiglie argentate. L'unica traccia di trucco era un velo di ombretto.

Ecco come aveva fatto Shaw a finire in quel vicolo: Tony, il direttore della galleria con le bretelle nere che esponeva le tele di Evelyn, l'aveva chiamata appena Colter aveva lasciato il suo negozio. Era venuto fuori che la donna, preoccupata che Matthews potesse venire a cercarla, aveva messo in allerta Tony e i suoi contatti in città. Già da tempo, quindi, tutti sapevano come reagire se uno sconosciuto fosse piombato lì facendo domande scomode.

«Poi ho chiesto a un paio di amici dei Commons di invitarti a scambiare quattro chiacchiere con noi.»

Shaw si accigliò. «Quelli sono *artisti*?»

I due gorilla che l'avevano afferrato erano enormi, e la loro presa così forte che a Shaw non era passato nemmeno per la testa di opporsi. Non ci teneva affatto a slogarsi una spalla.

«Scultori» fu la risposta offerta da Jason Barnes.

Ah. Ma certo. «E la mia gomma?»

«Mi dispiace, Colter.» *Colter*? A quanto pareva ormai erano in confidenza. «Non volevamo che schizzassi via prima di poter scambiare quattro chiacchiere.»

I due Michelangelo erano scomparsi. Del resto, ormai la prima preoccupazione di Fontaine era esorcizzata: Shaw non era uno scagnozzo assoldato da Ron Matthews per pestarla a sangue, o addirittura per ammazzarla. Colter le aveva spiegato dell'annuncio e lei aveva fatto i suoi controlli: sulla ricompensa e sul cacciatore. Aveva concluso che era tutto a posto.

Adesso Colter le confidò che aveva intenzione di organizzare un incontro.

«No! Non sia mai!» disse Fontaine, con gli occhi spalancati. «Non deve sapere neanche che mi trovo in questo Stato.»

«Quel bastardo è un sociopatico» aggiunse Barnes.

Fontaine continuò: «A prima vista sembra normale. Ma è un sadico».

Barnes chiese: «Ha provato a fregare anche te con i suoi giochetti psicologici? Si è messo a piangere? Ti ha giurato di non averle mai fatto del male? Ha promesso che cambierà, che migliorerà e via dicendo?».

Sì, sì e ancora sì.

Barnes era un uomo affascinante, con lunghi capelli scuri e una leggera inflessione straniera. Il colore della pelle suggeriva che avesse sangue latino nelle vene, nonostante il cognome facesse pensare più che altro a origini irlandesi. Sui trentacinque anni, concluse Shaw. Anche se qualcuno avrebbe potuto dargliene di meno. Sfiorava il metro e ottanta, fisico asciutto; pantaloni neri con la riga, una camicia di un bel grigio, tutto di marca. SoHo o Michigan Avenue. Niente roba presa da J.C. Penney per lui. Una bella differenza rispetto al resto della clientela del Java Joe.

Un amante facoltoso...

Shaw bevve il caffè e strinse le mani intorno alla tazza. «Ho fatto qualche controllo su Ron. Non è saltato fuori nulla. Niente arresti, niente condanne.» Squadrò a lungo Evelyn Fontaine. «Quindi non so cosa pensare. Magari tutto quello che mi hai detto finora te lo sei inventato solo per risparmiarti l'imbarazzo e la fatica di un faccia a faccia con un uomo che hai abbandonato per stare con il tuo amante.»

«Cosa?» Sulla fronte liscia della donna si disegnò un reticolato di rughe. Ma quell'espressione confusa durò solo un istante. «Oh, no, Colter, noi due non stiamo mica insieme.»

«Eppure mi hanno detto che è il tuo fidanzato.»

Barnes scoppiò a ridere. «Oh, Gesù, siamo solo amici, io sono gay... Aveva bisogno di una mano per scappare da quell'uomo. Sono un suo grande fan, adoro i suoi lavori. Volevo solo aiutarla.»

«Ho lasciato Ron per salvarmi la vita» disse Fontaine. «Non per mettermi con un altro.» Posò le mani sul tavolo di laminato nero che li divideva. Anche se tutto il resto della sua figura ispirava un senso di innata, eterea eleganza, le dita erano tozze, le unghie corte, cortissime, i polpastrelli chiazzati di vernice. «Ho perso il conto delle volte che ho preso il telefono per chiamare la polizia. Ma poi non ce la facevo mai. Diceva che se mi fossi azzardata ad aprire bocca mi avrebbe spezzato le dita.» Chiuse gli occhi di scatto. «Rovinando la mano che uso per dipingere.» Poi, in un sussurro: «Una volta ha minacciato persino di accecarmi».

Fontaine è fuggita per scappare da Matthews, colpevole di violenze domestiche mai venute alla luce: dieci per cento.

La strategia del calcolo percentuale spesso richiede correzioni in tempo reale, pensò Shaw.

Poi disse: «È un bugiardo molto convincente».

Una risata amara. «Nessuno lo sa meglio di me. Ma è così che fanno i sociopatici. Credono alle loro stesse menzogne.»

Shaw le chiese: «Non hai intenzione di divorziare?».

Lei rispose con una voce carica di determinazione: «Non appena mi sarà possibile. Ho parlato con un avvocato, ma devo essere prudente. Avrò bisogno di un altro posto in cui stare prima di mandare le carte. Un posto sicuro. La prossima volta» inarcò un sopracciglio «nessuno deve trovarmi».

Evelyn Fontaine gli posò una mano sul braccio e gli strinse le dita tremanti intorno al polso. «Non dirgli che mi hai trovato. Ti prego, devi aiutarmi.»

Shaw ripensò alla supplica che gli aveva rivolto Matthews prima di congedarsi.

La prego. Mi aiuti…

Barnes disse: «Parliamo della ricompensa. I diecimila che ti ha offerto lui… possiamo darteli noi. E ce ne mettiamo sopra altri mille».

«No» disse Shaw. «Se me ne vado, è solo per una mia scelta.»

Evelyn gli rivolse un sorriso smunto. «Siamo andati a beccare l'unico cacciatore di taglie che ascolta la voce della coscienza. Ti pareva.»

«Non dirò nulla finché non avrò avuto modo di verificare la tua versione dei fatti.»

«Ho le prove. Mi sono scattata dei selfie con gli occhi neri e le labbra spaccate. E una volta mi ha frustato con il filo di una lampada. Posso mostrarti i referti medici.» La sua mano era ancora avvinghiata al braccio di Colter, e anzi adesso aveva aumentato la pressione. «Vieni con me al ritiro, Colter, ti faccio vedere tutto. Ho i file sul computer… magari ne approfittiamo anche per fare un giro. Sei mai stato a un ritiro per artisti?»

«No.»

Evelyn sorrise di nuovo. «È un posto magico, davvero. Sei un appassionato di arte?»

«Solo di Espressionismo Astratto» disse Shaw.

Lei gli lanciò un'occhiata sfuggente. Di totale incredulità.

«È la mia più grande passione» aggiunse lui.

E il volto dell'artista si aprì in un sorriso sincero. «Non sai nemmeno di cosa stai parlando, non è vero?»

Dieci minuti dopo erano a bordo della Jeep Cherokee di Fontaine.

Erano soli: lei al volante, lui sul sedile del passeggero. Jason Barnes aveva acconsentito a restare in città per rintracciare i due scultori picchiatori e cambiare insieme a loro la gomma alla Toyota.

Shaw guardava fuori dal finestrino la periferia che scivolava nella campagna. Un cambiamento rapido.

Fontaine disse: «Non è possibile che l'arte non ti interessi nemmeno un po'. Che cosa tieni appeso alle pareti in casa tua? Stampe dozzinali da centro commerciale? Un acquerello preso per due soldi a una fiera di paese?». Gli lanciò un'occhiata. «Magari un quadretto fatto da tuo figlio con i suoi ditini cicciotti?»

Non rispose all'ultima domanda, che in realtà non aveva nulla a che fare con l'arte, e disse: «Mappe. Ottocentesche, o più vecchie ancora. Le colleziono».

Il panorama ora si era fatto idilliaco: superarono una fattoria circondata da piante di mais dolce alte un metro e ottanta, varietà Jubilee. Un'immagine che pareva sbucata fuori da un passato remotissimo, non fosse stato per l'antenna parabolica e la Prius nel vialetto.

Fontaine gli disse, con aria riflessiva: «Sai, in città c'è un posto in cui puoi farti la pizza da solo. E intendo che la puoi fare davvero, non solo ordinarla come ti piace. C'è questo grosso forno, ti danno la pala. Se glielo chiedi ti prestano pure il cappello da chef. Ci siamo andati l'altro giorno con quelli del ritiro... Pizza e birra. Ti piace la pizza?».

«A chi è che non piace la pizza?»

«Noi siamo artisti, Colter. La gente pensa che ci sediamo intorno a un tavolo a mangiare pane croccante e affettati bevendo assenzio. Ma non sanguiniamo forse anche noi?»

Il sorriso svanì, la mano corse agli occhi, per asciugare una lacrima invisibile. «Accidenti... Lo amavo. Davvero. All'inizio era così diverso. Poi è venuto fuori il suo lato cattivo. E mi sono detta che era solo un momento... era teso per via del lavoro, aveva avuto un duro scontro con un creditore. Il vero Ron era un altro. Solo che poi ho scoperto che la sua gentilezza era un'impostura. E che il vero Ron era quello cattivo.»

Tirò su col naso, se lo asciugò con la manica.

Rimasero in silenzio per una decina di minuti, mentre la Jeep correva sulla superstrada. Be', forse quella era una definizione eccessiva per la Route 83, con il suo manto irregolare, l'asfalto spaccato e pieno di buche, senza neppure la banchina ai lati.

Gli occhi della donna si posarono per un attimo su Colter. «Come hai fatto a trovarmi?»

«Alla vecchia maniera. Ho messo insieme una lista di persone che ti conoscono. Compreso David Goodwin.»

«Oh, Dave. Ma certo.» Sbuffò. «Accidenti alla mia boccaccia. Gli ho detto che avevo in mente di partecipare a un paio di ritiri. Ho commesso un errore… Allora, quindi è così che ti guadagni da vivere? Senti parlare di una ricompensa, parti e te la prendi?»

«Oppure *non* me la prendo. Però sì, l'idea è questa.»

«Sei una specie di cowboy, no? Lo conosci Frederic Remington?»

Nella Tenuta il padre di Shaw teneva in salotto una copia di *Friend or Foe? (The Scout)*, il dipinto di Remington. Era una tela impressionante: ritraeva un indiano Piedi Neri a cavallo, solo in un gelido inverno, che aguzzava la vista per scrutare un accampamento in lontananza. *Amico o nemico?*, come recitava il titolo. Era uno dei quadri preferiti di Shaw. Ma a Fontaine disse solo che l'aveva sentito nominare. Poi, un istante dopo: «È stato gentile, Jason, ad aiutarti».

«Per me è stata una vera ancora di salvezza, in tutta questa storia. La sua galleria sta andando bene.»

«Per quanto possa andare bene l'Espressionismo Astratto…»

«Non ti capita mai di sorridere quando fai una battuta, Colter?»

Una domanda che non richiedeva risposta.

«Non è uno stile che mi fa impazzire» continuò lei. «Ma non abbiamo legato grazie all'arte. Il nostro rapporto è... personale.»

«Da quanto tempo lo conosci?»

«Non da molto. L'ho incontrato durante un ritiro dalle parti di Schaumburg. Usciva da una relazione morbosa, finita un anno fa. Abbiamo confrontato le nostre esperienze. Stava con uno che somigliava a Ron. È buffo, no? Non credevo che i gay potessero essere violenti. Una specie di pregiudizio alla rovescia, non ti pare?»

Lasciarono la 83 e imboccarono una strada sterrata. «Il ritiro è più su. Un tempo qui c'erano solo fattorie. Ma quando Muncie era sulla cresta dell'onda, tipo centocinquant'anni fa, ci hanno messo le fabbriche. Adesso sono tutte abbandonate. Un ente comunale no profit gestisce il terreno e ospita i ritiri. Ci vengono pittori, per la maggior parte, ma anche scrittori e poeti. Puoi fermarti per un mese o due, si paga poco. Il posto giusto per dedicarti al tuo capolavoro. Appena l'ho visto ho pensato di essere finita in paradiso. Non dovevo più tornare a casa. Non dovevo più avere paura degli insulti e dei cazzotti... hai visto l'anello che porta?»

Shaw annuì.

«Era tipo un tirapugni. Mi ha lasciato una microfrattura qui.» Si passò una mano sulla guancia. «Proprio in questo punto.»

Shaw guardò il telefono. E il suo gesto mise in allerta Fontaine.

Si affrettò a rassicurarla. «Non è Ron. Un altro lavoro.» Mentre inviava un paio di messaggi, aggiunse: «Si aspetta di ricevere notizie a breve. Ma posso tenerlo buono ancora un po'».

«Grazie, Colter. Dico sul serio.» Gli occhi di Evelyn si illuminarono. «Posso farti vedere cosa sto dipingendo adesso?»

Si fermarono su un ampio spiazzo erboso, lambito da alberi e cespugli. Parcheggiarono. Shaw vide uno stretto fiume con una bassa diga di cemento sopra la quale la corrente scorreva disegnando un fluido, morbido arco.

Fontaine spense il motore. Scesero dalla macchina. Raggiunsero le sponde del fiume. La brezza increspava l'acqua, che trasportava lentamente a valle i petali dei gerani selvatici. Delle anatre li superarono, mentre un uccello acquatico più grande, di un bianco accecante, indugiava a qualche passo dalla riva. Shaw non avrebbe saputo dire di che razza fosse. Insieme ai suoi fratelli, alla Tenuta, aveva imparato molte cose sulla natura e le sue creature, ma solo nell'ottica della sopravvivenza. Quando vedeva un animale pensava solo a sfuggirgli, a proteggerlo o a mangiarlo. La maestosa creatura che gli stava di fronte, invece, non era fatta per finire in pentola.

Evelyn lo fece passare tra un cedro bianco e un torreggiante acero americano, poi lo condusse lungo un terrapieno in mezzo alla fitta vegetazione. Shaw riconobbe l'aronia, il carice e la peste d'acqua maggiore, un'infestante ostinata e pericolosa che era sbarcata negli Stati Uniti per colpa degli acquari domestici: finiva nelle fogne quando la gente lavava le vasche. Lungo le rive oscillavano pallidi e folti gli steli di *Calamagrostis canadensis*. Shaw era particolarmente affezionato a quell'erba: una volta ci si era tuffato in mezzo per sfuggire a un branco di lupi. Era rimasto nascosto tre ore nel suo abbraccio.

«È carino qui» disse ora, guardandosi intorno. «Quindi stai facendo un paesaggio?»

«Un paesaggio?» Evelyn si accigliò. «No, no, Colter. Vieni con me.» Fontaine lo condusse lungo un sentiero, fino a un boschetto dove i tronchi erano più forti e fitti, la vegetazione più selvaggia. A quanto pareva la loro meta era un edificio basso, di mattoni, appena visibile in mezzo ai rovi e alle verdi foglie ormai scolorite nell'estate che volgeva al termine. «A me non interessano le cose *carine*. Ecco cosa sto disegnando.»

Uscirono dal boschetto ed Evelyn indicò un edificio diroccato, antico, a due piani. Shaw strinse gli occhi per leggere l'insegna ingiallita che pendeva sopra l'area di carico e scarico. «Samsons's Manufacturing» lesse ad alta voce. «Fondata nel 1889.»

«Io amo il contrasto, l'incongruo, la nota stonata. La rivoluzione industriale che incontra Norman Rockwell. *Oliver Twist* più *Orgoglio e pregiudizio*.»

Shaw tirò fuori il cellulare e scattò una foto. «Voglio confrontare il tuo dipinto con l'originale. Ho letto qualcosa a proposito della stratificazione, del dipinto finale che non è che un riflesso dell'abbozzo iniziale.»

«Davvero? Sul serio?» La sua voce era flebile, gli occhi ancora fissi sulla struttura cadente. «E dentro è anche meglio. Vieni con me.»

Salirono le scale e raggiunsero l'area di carico e scarico, stando bene attenti al legno marcio. Superarono la porta, che era aperta. Si ritrovarono in una fabbrica sterminata, quasi buia, che emanava un forte sentore di muffa e di sostanze chimiche che così, su due piedi, Shaw non riuscì a identificare. Pian piano i suoi occhi si abituarono alla semi oscurità – un po' di luce filtrava dall'alto, là dove un tempo c'era stato un lucernaio. Adesso il posto era quasi del tutto vuoto, eccezion fatta per i vecchi macchinari, gli attrezzi e i binari a scartamento ridotto per il trasporto dei carri.

Mentre camminavano, Shaw guardò fuori da una finestra – i vetri erano saltati da chissà quanto – e vide un parcheggio infestato dalle erbacce. Si fermò. C'era una macchina.

La Mercedes nera di Ron Matthews.

Vide anche qualcos'altro. Ormai riusciva a mettere a fuoco nella penombra; così, fissò gli altri due occupanti della fabbrica. Il primo era Matthews, imbavagliato e legato con il nastro adesivo. Un'espressione di terrore gli distorceva il viso arrossato mentre, con gli occhi dilatati dalla paura, cercava disperatamente di immettere aria nei polmoni respirando forte con il naso. L'altro, ricurvo su di lui per controllare il bavaglio, era David Goodwin, il proprietario della galleria, quello che aveva indirizzato Shaw verso Muncie. Anche lui spalancò gli occhi, colmi di stupore e shock.

Per il momento Shaw lo ignorò e si voltò. Sapeva già cosa avrebbe visto: Evelyn Fontaine, la mano coperta da un guanto di lattice, che impugnava la Glock nera del marito. La canna puntata dritta verso il petto.

Le probabilità che Evelyn Fontaine cospirasse con David Goodwin per uccidere il marito? Cento per cento.

«Che diavolo ci fa lui qui?» chiese Goodwin in un sibilo infuriato.

«Va tutto bene, tesoro» rispose Fontaine, calma.

Goodwin ora balbettava: «Ma, Evie… voglio dire, non è quello di cui avevamo parlato». Si esprimeva con circospezione, per paura di farla arrabbiare.

Shaw si accorse che entrambi ignoravano Matthews, che continuava a lamentarsi e a picchiare i piedi a terra. Il nastro adesivo non gli bloccava direttamente le braccia e le gambe, e non l'aveva a contatto della bocca. Goodwin l'aveva prima avvolto in una specie di telo di plastica, a quanto pareva. Così la polizia non avrebbe trovato tracce sospette di sostanze adesive.

La tv via cavo aveva insegnato al mondo intero i trucchi per fregare la scientifica.

«Dobbiamo solo mettere a posto un paio di cose» disse Fontaine, con voce calma, ragionevole. «Altrimenti non funzionerà.»

Goodwin guardò Matthews e fece un cenno del capo, con aria di superiorità. «Ti ho detto che ti avrei dato una mano, dopo tutto quello che ti ha fatto passare. Ma questo tizio...» Adesso il cenno del capo era rivolto a Shaw. «No, Evelyn...»

«Bisogna fare le cose per bene» disse lei, indifferente ai suoi scrupoli. «A meno che tu non voglia finire in prigione per il resto dei tuoi giorni.»

«Ma, tesoro, non hai... non hai detto niente...»

Il piano di Fontaine era impressionante, questo Shaw non poteva negarlo. Dopo aver convinto Goodwin ad aiutarla a far fuori Matthews, non avrebbero dovuto far altro che aspettare un capro espiatorio, tipo un investigatore privato o chi per lui, che si mettesse alla ricerca dell'artista «scomparsa». La sorte aveva messo sulla loro strada un cacciatore di ricompense che rispondeva al nome di Colter Shaw. Nel corso delle sue indagini, il tizio si sarebbe imbattuto in Goodwin, che lo avrebbe indirizzato verso Muncie. A quel punto Goodwin avrebbe dovuto rapire Matthews, sottrargli la pistola e portarlo nella fabbrica Samsons. Fontaine avrebbe condotto lì anche Shaw con l'inganno.

La polizia avrebbe avuto a disposizione una ricostruzione dei fatti assai verosimile per spiegare il doppio omicidio: Matthews, infuriato per le infedeltà della moglie, era piombato nel ritiro per ucciderla. Nel tentativo di proteggere l'artista, Shaw era rimasto mortalmente ferito; aveva però fatto in tempo a far fuori l'imprenditore prima di rendere l'anima a Dio.

Una cosa pulita.

«Le serve che sia un'altra persona a premere il grilletto» spiegò Shaw a Goodwin. «La moglie che ammazza il marito... sarebbe la sospettata numero uno. Anche tirando in ballo le violenze subite.»

Il pover'uomo quasi calvo era orripilato. «Non c'è un'altra via d'uscita? Una qualche soluzione?»

«Dave, andiamo. Hai già rapito Ron. E ormai Shaw sa tutto. Non possiamo certo lasciarlo in vita, giusto?»

«Sì, però... io non...»

«Ti sta usando, Goodwin.»

Poi, con grande sgomento di Shaw, arrivò un'altra voce: «Evie? Sei qui? Ho fatto quello che mi hai chiesto. Ho lasciato qua fuori la macchina di Colter. E invece questa Mercedes?».

Era Jason Barnes. Fontaine doveva avergli detto di portare fin lì la Toyota presa a noleggio. E poteva esserci solo un motivo.

Bisogna fare le cose per bene...

A quanto pareva, Barnes era una pedina per cui Fontaine aveva ancora una mossa in serbo.

Ignorando la pistola, Shaw urlò: «Jason, scappa! E chiama la polizia!».

«Cosa?» La voce sembrava divertita.

«Non farlo» disse Shaw a Fontaine, con fermezza. «Ormai è inutile. Ho...»

Barnes entrò nella fabbrica, e prima che potesse anche solo strizzare gli occhi per vedere la scena che gli si parava davanti nel buio, Evelyn gli sparò due volte, dritto in testa. Il giovane cadde a terra come uno straccio bagnato.

Shaw chiuse gli occhi per un istante. *No...*

Goodwin annaspò. «Dio mio. Ma cosa hai fatto?»

Come un'insegnante che spiega la lezione a un alunno un po' lento, Evelyn gli rispose: «Adesso hai l'acqua alla gola, Dave, e se non vuoi annegare sarà meglio che inizi a nuotare. Devi essere forte. Pensi di farcela?». Sempre tenendo sotto tiro Shaw, andò dal marito e si pulì la mano destra sulla sua. Poi gli passò le dita sulla manica. In questo modo trasferiva il residuo di polvere da sparo su di lui. I poliziotti avrebbero creduto che fosse stato Matthews a premere il grilletto. Era sempre il primo riscontro che cercavano.

Tutta colpa della tv via cavo, di nuovo.

Goodwin era ancora sconvolto. «Ma come... come hai potuto farlo?»

«Semplice» disse Shaw. «Il copione prevedeva che Ron

uccidesse l'amante della moglie. Altrimenti non sarebbe stato credibile.»

Evelyn Fontaine stava diventando impaziente. «Diamoci un taglio. Qualcuno potrebbe aver sentito lo sparo.»

Stratificazione… quel piano era come i suoi dipinti: la verità nascosta, distorta, sepolta sotto strati e strati di pigmento. Gli vennero in mente le matrioske della tradizione russa.

Evelyn si rimise in posizione, pronta a spararagli.

Be', non si può più aspettare, pensò Shaw. Parlò con voce ferma. «David Goodwin ed Evelyn Fontaine hanno appena ucciso Jason Barnes e stanno per uccidere Ronald Matthews nella fabbrica di carri Samsons appena fuori Muncie, Indiana, lungo la Route 83. Sono più o meno le tre del pomeriggio del 31 agosto.» Non aggiunse di essere lui stesso una potenziale vittima. Non voleva complicare troppo il resoconto.

Lanciandosi delle brevi occhiate nervose, i due rimasero immobili: Goodwin sempre più cupo e afflitto, Evelyn cauta, diffidente.

Shaw spiegò: «Già da prima di venire qui sapevo che era una trappola».

«Stronzate» sbottò lei.

«Goodwin, lei mi ha detto di non aver più parlato con Evelyn da giugno, eppure sapeva che avrebbe partecipato al ritiro di Muncie insieme a Jason.» I suoi occhi saettarono da Goodwin a Fontaine. «Ma se Evelyn ha incontrato

Jason giusto un mese fa, a Schaumburg, come poteva esserne al corrente?»

Fontaine sbatté gli occhi e si voltò verso il complice. «Che cosa hai fatto?» gli urlò in faccia. «Perché hai tirato in ballo Jason?»

«Non lo so. Non ci ho pensato.»

Shaw disse: «Sapevo che c'era qualcosa che non quadrava. Ho scritto dei messaggi e ho scattato anche una foto della fabbrica, ricordi? Be', ho inviato tutto alla mia investigatrice privata nella East Coast, e lei ha inoltrato il materiale allo sceriffo di zona. La polizia sta arrivando».

Goodwin mormorò: «Oh, Gesù. Che cosa ho combinato?».

«Chiudi il becco» latrò Fontaine.

«Siamo fottuti» sussurrò Goodwin. «Non lo capisci?»

«Sta bluffando.» Poi, a Shaw: «Fammi vedere quel cazzo di telefono. Sbloccalo e passalo a Dave. Mostrami i messaggi. Subito!».

Colter, gli occhi fissi sulla Glock, passò con movimenti lenti il cellulare a Goodwin, mentre Evelyn si faceva da parte e alzava la pistola, puntandogliela proprio in fronte. Si avvicinò di un passo, ma sempre tenendosi a distanza di sicurezza.

Goodwin si mosse: «Mi copri, sì?».

«Prendi quel maledetto telefono.»

Poi sia Fontaine sia Goodwin abbassarono la testa, mentre in lontananza l'urlo delle sirene squarciava l'aria.

Quella piccola distrazione fu sufficiente per Shaw. Afferrò per il braccio il gallerista e lo fece girare di scatto, usandolo come scudo, poi si lanciò in avanti. Goodwin era grosso ma debole. Non oppose resistenza. Insieme finirono addosso a Fontaine. La pistola sparò un colpo, il proiettile andò a conficcarsi nella parete di fronte, facendo ricadere sulle loro teste una nuvola di frammenti di mattoni rossi.

Con un balzo fluido e improvviso, Shaw strappò la pistola dalle mani della donna. Indietreggiò rapidamente, fece scattare il caricatore, quel tanto che bastava per controllare che l'arma fosse pronta a sparare, poi lo rinfilò con un colpo secco. A quel punto sollevò la pistola nera e massiccia verso i due.

Sbatté gli occhi quando un urlo sovrannaturale si alzò dalla gola di Fontaine. «No, no, no!» La donna minuta e ormai indifesa si lasciò cadere a terra, dondolandosi avanti e indietro sulle ginocchia, isterica.

Forse il proiettile l'aveva colpita? Tenendola sempre sotto tiro, fece il giro, con passi lenti e misurati, cercando di capire se le sue condizioni fossero gravi. Ma non vide la ferita. E nemmeno tracce di sangue.

La donna alzò di nuovo la testa, gli occhi violetti identici a quelli del cane idrofobo che un anno, a marzo, si era messo a vagare qua e là per la Tenuta. Fontaine sollevò la mano verso di lui e urlò con voce rabbiosa: «Il mio dito! Guarda cosa hai fatto!». L'indice, quello che teneva stretto intorno al grilletto.

Il destro. La mano con cui dipingeva.

«Me l'hai spezzato!» ululò. «È rotto, è rotto, è rotto...»

«Le porgo le mie più sentite scuse, signore» stava dicendo lo sceriffo.

Era un uomo ben piazzato e calmo, sulla cinquantina, con dei baffi impressionanti. Il classico Texas Ranger – o, quanto meno, la versione stereotipata che avrebbe fatto innamorare i responsabili del casting per un film western.

Si trovavano nel parcheggio della fabbrica.

Samsons' Manufacturing...

Perché al plurale? Forse i proprietari erano padre e figli? O magari fratelli, tipo i Ball? In ogni caso, i Samsons che avevano fondato la fabbrica non avrebbero mai e poi mai potuto immaginare che nel corso del tempo le ruote che producevano si sarebbero evolute nelle Pirelli da mille dollari montate sulla Mercedes-AMG attualmente circondata dal nastro giallo della polizia sullo spiazzo davanti allo stabilimento.

Shaw domandò allo sceriffo come mai gli stesse chiedendo scusa.

«Non siamo arrivati con sufficiente rapidità. Sa, l'operatrice che ha ricevuto la chiamata della sua investigatrice privata... la nostra Delia è un tesoro. Poteva diventare vicesceriffo anche lei, se non fosse stato per le sue povere articolazioni. Artrite. Comunque. Gli agenti che Delia ha chiamato erano i più vicini alla fabbrica, ma non erano per niente *vicini*, se capisce cosa intendo. Stavano seguendo una storia di droga, uno scambio di metanfetamine finito male. Agenti validi, ma non hanno cavato un ragno dal buco. E sottolineo agenti, perché *uomini* non si può dire. La mia nipotina mi corregge di continuo. Di questi tempi bisogna fare attenzione alle discriminazioni di genere.»

Poi si fece serio. «Non siamo arrivati in tempo per quel povero ragazzo, Barnes. Come si suol dire, si è trovato nel posto sbagliato al momento sbagliato, giusto?»

«No. Evelyn Fontaine gli aveva chiesto di tornare, sapeva già che lo avrebbe ucciso. Faceva parte del piano.»

«Santo cielo.»

«Come sta Ron?» chiese Shaw.

Matthews era a bordo di un'ambulanza in fondo al parcheggio.

«Non si può certo dire che scoppi di gioia. Ha appena scoperto che l'adorata mogliettina aveva intenzione di farlo fuori. Ma fisicamente è sano come un tacchino che glogLotta ancora dopo il giorno del Ringraziamento… Allora, Shaw, ho fatto qualche ricerca su di lei. A quanto pare si è già occupato in passato di cose del genere. Lei come la vede? La donna voleva ammazzarlo perché Matthews era un marito violento? Io non ho trovato nemmeno una denuncia a suo carico.»

«No. Si è inventata quella storiella per convincere Goodwin e Barnes ad aiutarla. E per far sì che mi fidassi di lei. Di solito una *femme fatale* seduce con la sensualità, lei invece puntava tutto sulla compassione.» Forse sperava di incassare l'assicurazione, disse allo sceriffo. «Più di ogni altra cosa, a Evelyn Fontaine interessa dipingere. Era pronta a infrangere ogni regola, pur di realizzare il suo sogno.»

Mise al corrente lo sceriffo dei suoi precedenti. Il furto di vernici e pennelli.

«Le serviva qualcuno che la finanziasse. Che le permettesse di dedicarsi solo alla pittura. Ron andava benissimo, perché era ricco. Ma ormai l'azienda di Matthews se la passava male. Quindi, ciao ciao ai viaggetti a Parigi. Evelyn detestava il suo lavoro part-time, e forse le sarebbe addirittura toccato passare al full-time. Un ostacolo insormontabile per i suoi progetti e la sua sensibilità artistica.»

«Ah, per carità di Dio» disse Foote, sarcastico. «E Goodwin?»

«Una semplice marionetta nelle sue mani.»

«Se lo rigirava come voleva, insomma?»

Shaw annuì. Lo sceriffo gli piaceva. «Di sicuro era pronta a addossare a lui tutte le colpe. Avrebbe consegnato alla polizia le prove di cui era in possesso. Ma voi avete un testimone oculare.»

«Che sarebbe lei.»

«E la scientifica confermerà tutto. Potete contattare anche uno psicologo. Ho esperienza con i sociopatici. Evelyn è un classico esempio. Ha vissuto con altri tre uomini. Forse aveva intenzione di tentare lo stesso giochetto con loro – di usarli come bancomat, per così dire – ma potrebbero averle chiesto di firmare degli accordi prematrimoniali o qualcosa del genere. O magari hanno capito che tipo era.»

Comunque, ci avrebbe pensato il pubblico ministero a ricostruire la faccenda.

Foote avvistò il furgoncino della scientifica e si allontanò.

In quello stesso momento Shaw vide Ron Matthews che scendeva dall'ambulanza e si dirigeva verso il nastro giallo che ingabbiava la sua macchina. Per due ore strazianti era stato chiuso nel portabagagli di quella stessa Mercedes, dopo essere stato rapito da Goodwin.

Shaw lo raggiunse. Matthews fissava la berlina, in silenzio.

«La sa la storia della AMG, Colter?» disse dopo un po'.

«No.»

La sua passione erano i camper e le motociclette. Un amore esclusivo, che tradiva di rado.

«L'azienda è nata negli anni Sessanta, produceva motori da corsa. Fondata da Hans Werner Aufrecht ed Erhard Melcher. La A e la M della sigla. La G sta per Großaspach, città natale di Aufrecht. La Mercedes ha rilevato l'azienda. Ho sempre sognato di vendere le loro auto. Avrei raggiunto splendidi risultati con una partnership con Mercedes. Era in assoluto la mia macchina preferita.»

Colter annuì. Non aveva nulla da aggiungere. Sapeva bene che quelle erano le farneticazioni incoerenti di un uomo alla ricerca di consolazione nei primi momenti del lutto.

«Ma adesso ho intenzione di sbarazzarmene» disse Matthews. «Voglio comprarmi qualcosa di diverso. Tanto non posso più comunque permettermi le rate del leasing. Colter, sia sincero. Crede che Evie volesse... volesse farlo fin dall'inizio?» Non riuscì neppure a pronunciare quelle terribili parole. *Che volesse uccidermi.*

Shaw non gli rivelò le conclusioni a cui era giunto. «Diciamo che ha architettato un piano complesso.»

«Pare proprio di sì.» Le parole di Shaw gli avevano forse offerto un briciolo di conforto. Si asciugò una lacrima, questa volta senza nascondersi. Poi si schiarì la gola. «Le devo quella ricompensa. I diecimila.»

«Non c'è fretta.» Una risposta che aveva un duplice significato. *Primo: non c'è fretta. Secondo: sì, certo che mi devi i diecimila, anche se le cose non sono andate come speravi.*

«Cosa farà adesso?» gli chiese Matthews.

Shaw doveva occuparsi di faccende di famiglia a Berkeley, California. Una questione rimasta in sospeso che riguardava suo padre. Ma gli disse solo che aveva intenzione di farsi un giro nella West Coast.

«Una volta siamo andati al Getty» disse Matthews. «Io ed Evie. In California, a Malibu. Ci siamo concessi un capriccio: siamo saltati su un jet privato e via. Lì in quel museo era esposto un dipinto che amo, l'unico al mondo. Riesce a crederci?» Un sospiro. «Mio padre vendeva tosaerba ricondizionati. Io sono passato ai muletti e alle piattaforme aeree. Che mi dice di suo padre? Anche lui cacciatore di ricompense?»

Colter Shaw sorrideva di rado. Ma sorrise in quel momento. «No.»

Matthews si passò la manica sulla fronte. Si accorse solo in quel momento che il vestito era lurido e strappato.

Shaw disse: «Non me ne vado prima di domattina. Posso darle uno strappo fino a Indianapolis».

«Mi farebbe comodo, grazie.»

«La macchina che ho preso a nolo dovrebbe essere qui da qualche parte.» Shaw studiò il parcheggio invaso dalle erbacce e avvistò la Toyota, ferma sotto un acero. Le foglie erano ingrigite e spente, già pronte a consegnarsi all'autunno.

«Non so se le interessa» aggiunse, «ma io manderei volentieri giù un boccone.»

«Ci credo.»

«Cinese?»

Matthews si lasciò sfuggire una risatina. «Certo. Riproviamoci.»

IL SECONDO OSTAGGIO

Uno

«Okay. Abbiamo un problema.»

Il vicesceriffo, magro e abbronzato, schiena dritta, postura rigida, aveva appena riagganciato, e adesso si rivolgeva a tutti i presenti: «Era Sally, dalla centrale. Ostaggi e colpi d'arma da fuoco a Kiowa Lake».

I sei agenti, in pantaloni neri e camicie verde scuro, lo guardavano con occhi spenti, come se qualcuno li avesse ficcati in un congelatore. Cinque uomini e una donna, di età variabile, dai trenta (anche meno) ai cinquanta. Tutti bianchi, a parte un afroamericano con la pelle di cioccolata. Volti deformati in una collettiva smorfia di sorpresa.

Colter Shaw suppose che espressioni come «ostaggi» e «colpi d'arma da fuoco» non si sentissero molto spesso da quelle parti. Fissò dall'altra parte della scrivania l'uomo che le aveva pronunciate.

Il vicesceriffo Peter Ruskin, a cui Shaw avrebbe dato sui trentacinque anni, continuò: «Una casa vacanze, avete presente? Il tizio che l'ha presa in affitto dice che è arrivato uno in macchina e si è messo a camminare avanti e indietro parlando tra sé e sé; a un certo punto, ha tirato fuori una pistola e ha fatto irruzione in casa».

«Modello?» chiese uno degli agenti, stessa età di Ruskin, ma più corpulento, H. Granger. Indossavano tutti dei tesserini con il nome. Comodo.

«Non si sa. L'affittuario si chiude in bagno, chiama il 911. L'operatore sente dei rumori, qualcuno che forza la porta a calci, e poi una voce: "Va' in salotto, mettiti a sedere". Poi è caduta la linea. A quel punto, hanno chiamato i vicini dicendo di aver sentito uno sparo. A quanto pare, però, non contro l'ostaggio. Ha sparato fuori dalla finestra.»

L'ufficio dello sceriffo della contea di Cimarron era sobrio e funzionale. Shaw era stato in decine di presidi come quello, ed erano più o meno tutti uguali. Piccolo anche quello. L'area che ricadeva sotto la loro giurisdizione, lì nella parte centrale del sud del Kansas, era ampia dal punto di vista geografico, ma scarsamente popolata.

«L'affittuario l'ha riconosciuto?»

Ruskin rispose: «È una casa vacanze. È solo uno di passaggio».

«Oh, giusto. Non è del Kansas.»

«Ci sono feriti?» chiese B. Harper, l'unica donna. Bassina, si vedeva che le scorreva sangue indigeno nelle vene.

«No. Sally ha chiamato lo sceriffo. Sta arrivando. Okay, diamoci da fare.» A quanto pareva, Ruskin aveva un qualche ascendente sugli altri, anche se ancora non aveva fatto il giro di boa della mezza età. Ispezionò la stanza affollata. «George, Devon e E.J. sono di pattuglia. Li faccio avvertire di andare sul posto. Sal ha chiamato la polizia di Stato. Voglio tre di voi con me. Qualcuno ha già gestito casi di sequestro di ostaggi?»

I suoi colleghi si guardarono a lungo, ma nessuno aprì bocca.

«Io» disse Colter Shaw.

Due

Era stata l'idea di una ricompensa a portare Colter Shaw in Kansas.

La sua professione.

Una madre offriva tremila dollari a chi avesse ritrovato la figlia scomparsa. Abitava in un sobborgo di Topeka. La scarsa entità della ricompensa e il fatto che la ragazza avesse diciannove anni avevano scoraggiato altri cacciatori come lui. Adolescenti che scappano di casa? Di solito, corrergli dietro portava più guai che soldi. Non ne valeva la pena.

Emma Cummings era tornata a casa dal college, e un paio di giorni dopo la madre le aveva trovato un po' di erba nella tasca dei Levi's. Poca roba, ma più che sufficiente perché si scatenasse un terremoto domestico. Il classico scontro madre e figlia, con una che diceva «Tu non sai nemmeno cos'è la privacy» e l'altra che ribatteva «Scusa se ti stavo lavando il bucato. E, a proposito: prego» e avanti così. La mattina successiva Emma se l'era filata, portandosi dietro zaino e computer.

In ansia per i primi giorni, la madre aveva poi messo insieme tutti i soldi che era riuscita a racimolare e aveva postato in rete l'annuncio della ricompensa. I soci di Shaw in Florida, a caccia di occasioni simili in ogni angolo del web, gli avevano spedito tutte le info del caso, ben conoscendo il suo debole per i fuggiaschi. Lui era saltato a bordo della Winnebago ed era filato dritto in Kansas. Prima tappa: la casa della donna.

Shaw ci andava sempre con i piedi di piombo, quando si trattava di questioni domestiche. A volte era solo un gesto impulsivo dettato dall'età quello che spingeva una ragazza o un ragazzo a far perdere le proprie tracce; altre volte, invece, c'erano ragioni più serie. Quando Shaw rintracciava la sua preda, sceglieva poi se rivolgersi o meno alle autorità. Ma in casa Cummings non aveva visto segni di abuso, solo una madre molto protettiva e dall'educazione religiosa un po' rigida. Trovare quella bustina nei pantaloni di Emma era stato uno shock. Quanto alla ragazza, sembrava che avesse rotto con il ragazzo il giorno stesso in cui era tornata a casa. Di certo l'atmosfera generale non era delle migliori, e quello era un fattore da tenere in considerazione, come i casini per il recente divorzio dei genitori. Shaw ne era sicuro.

Dettaglio più unico che raro, la madre non voleva sapere *dove* si trovasse la figlia. Chiedeva solo che Shaw effettuasse una consegna. Gli aveva dato una busta verticale, 11x22 centimetri, che mostrava un rigonfiamento al suo interno. Di sicuro non era solo una lettera. Una collana, un braccialetto? Un giocattolo?

La donna aveva anticipato la sua domanda: «Mi fido di lei: torni e mi dica solo che ha consegnato la busta. E io le darò l'assegno».

Così la ricerca di Shaw era cominciata, innanzitutto facendo qualche domanda agli amici della ragazza. E tutto era filato liscio fino a un certo punto. Una traccia lo aveva condotto a Prescott, in Kansas, a una cinquantina di chilometri da lì, dove viveva una compagna di scuola. Emma aveva passato la notte da lei. La ragazza non si era fatta problemi a parlare con Shaw: il battibecco tra madre e figlia era «una cosa stupida», per come la vedeva lei, quindi aveva incoraggiato l'amica a tornare a casa. E invece Emma aveva tirato dritto, direzione sud, verso l'hinterland. Unico indizio utile: aveva intenzione di fermarsi in un locale famoso per il pollo fritto, a Humble, in Kansas. L'amica non sapeva altro.

E via verso la piccola cittadina di ottomila abitanti circa con quel nome così curioso.

Il centro di Humble era esattamente come uno se lo sarebbe immaginato: un'istantanea dell'America centrale degli anni Cinquanta. Alla fine di luglio, le strade emanavano un lieve sentore di polvere. A ogni angolo si vendevano aggeggi e souvenir con il nome della città stampato sopra, ma Shaw aveva preferito all'ampia offerta di ninnoli un'altra specialità locale, ben più appetitosa: il pollo fritto alla maniera del Sud. Il migliore che avesse mai assaggiato. Il nome del locale lo aveva lasciato perplesso: La capanna del pollo di Ling Yung. Shaw avrebbe voluto chiedere come mai, ma poi si era limitato a ordinare un'altra porzione.

Aveva mostrato la foto di Emma al proprietario e ai dipendenti. Una cameriera si ricordava vagamente di lei, ma non sapeva niente dei suoi successivi spostamenti. Ricordava solo che aveva mangiato in silenzio, senza smettere di smanettare con il cellulare neanche per un secondo.

E dopo Humble? Che fine aveva fatto?

La pista non si perdeva nel nulla, non esattamente: piuttosto, si moltiplicava. Nel cuore della città c'era una rotatoria da cui partivano quattro strade, per quattro direzioni diverse.

Shaw aveva una vasta collezione di mappe Rand McNally, e mentre mangiava si era studiato il Kansas. Due delle strade potevano aver portato Emma in posti ancora più remoti dello Stato, fin dentro il bel mezzo del nulla. Una terza strada era l'equivalente asfaltato della vecchia Dodge City Turnpike, una pista carovaniera. L'ultima, invece, portava alla I-35. Una bella sfortuna, per il cacciatore di ricompense, dato che la grande arteria tagliava il Paese a metà da nord a sud. Da lì si poteva andare in migliaia di posti diversi. Dal Messico al Canada.

Allora, Emma, quale hai scelto?, si era chiesto Shaw, finendo un caffè tutto sommato decente.

O hai soltanto fatto inversione e te ne sei tornata da dove venivi? Magari subito dopo aver finito il menu speciale numero due, mezzo pollo, insalata di cavolo con maionese e biscotti?

Era stato allora che aveva guardato fuori dal ristorante.

Ed eccola. Un'idea.

Poco dopo era seduto nell'ufficio dello sceriffo della contea di Cimarron, a cinque minuti a piedi dal locale di Ling Yung. Il vicesceriffo P. Ruskin lo aveva ascoltato affabile, ma senza sbilanciarsi.

«Le videocamere stradali, eh?» gli aveva chiesto.

L'idea era semplice: visionare i filmati della telecamera che inquadrava l'incrocio.

«Quindi il suo lavoro sarebbe andarsene in giro a caccia di ricompense?» gli aveva domandato un altro agente. Aveva avambracci e bicipiti giganteschi, il tesserino recitava T. Thornton. Era scoppiato a ridere. «Non ci credo.»

«È vero.»

«E riesce a camparci?»

Più o meno.

«Esatto.»

Come poteva spiegare che non erano i soldi la molla principale che lo spingeva a condurre quel genere di vita? Il punto centrale era un altro: una ricompensa era il tassello di un puzzle che nessuno era riuscito ancora a completare. Shaw era cresciuto con due fratelli. Lui era sempre stato «quello irrequieto». Fisicamente e mentalmente. E si era trovato un lavoro tagliato su misura per uno come lui: un viaggio infinito per la nazione, a recidere un nodo gordiano dopo l'altro.

«Quindi non è né un cacciatore di taglie né un agente che cerca persone che eludono la libertà vigilata?» aveva chiesto Ruskin.

«No. Nemmeno un investigatore privato. Non ho permessi, nessuna licenza.»

«Viaggia armato?»

«Ho due pistole nel camper, sì. Ho un porto d'armi per il trasporto occulto. Riconosciuto in Kansas.»

Nessuna reazione da parte dei presenti. In teoria, sarebbe stato logico che la polizia si preoccupasse se un cittadino se ne andava in giro con una pistola nascosta in tasca o in una fondina. E invece le cose non stavano proprio così: i poliziotti sapevano bene che per avere quel genere di porto d'armi bisognava superare dei controlli scrupolosi, dai precedenti penali a una valutazione delle condizioni mentali e psicologiche.

Ruskin gli sembrava ben disposto, ma a quanto pareva lì a Humble non si tolleravano infrazioni alle regole. «Mi dispiace, signore, non posso aiutarla. Magari se lei si fosse rivolto a un distaccamento delle forze dell'ordine a Topeka, avremmo potuto stabilire un contatto con loro, e in qualche modo avremmo trovato una soluzione.»

Shaw aveva sospirato. Fuori dalla finestra vedeva la telecamera che campeggiava sull'incrocio come un ufo.

Stava cercando un qualche argomento per convincere Ruskin a collaborare, quando il telefono dello sceriffo aveva iniziato a squillare.

«Ehi, Sal.» Dopo di che, l'espressione di Ruskin si era fatta accigliata, a mano a mano che entrava nel vivo della conversazione.

Quando aveva riagganciato, aveva squadrato tutti i colleghi nell'ufficio prima di annunciare: «Okay, abbiamo un problema».

Tre

La macchina sfrecciava tra i campi di granturco.

Gli steli erano acerbi, in quel periodo dell'anno. belli alti, con foglie e pannocchie di un verde brillante, la seta di mais di un marrone luccicante screziato di bianco.

Colter Shaw, sul posto del passeggero nella volante dello sceriffo, osservò la sterminata distesa malinconica del granaio d'America.

La strada era dritta e piatta come una tavola, il che era inevitabile considerando la conformazione geografica a due dimensioni di quella parte dello Stato. Di tanto in tanto, senza una ragione apparente, il vicesceriffo Peter Ruskin rallentava fino a toccare i centodieci all'ora. Forse per qualche punto di attraversamento cervi non segnalato.

Lui e Shaw erano in testa al convoglio; a seguirli, altre due Chrysler della polizia.

«La sua esperienza con gli ostaggi… Mi racconti meglio di che cosa si tratta.»

«I casi sono stati due, per la verità. In uno, era stata

offerta una ricompensa per una ragazza scappata di casa. Più o meno come il lavoro che mi ha portato qui.»

«Solo che la ragazza non era scappata.»

«No, era stata rapita. Il colpevole aveva organizzato tutto in modo che sembrasse che la decisione fosse stata della ragazza. Li ho trovati in una capanna in montagna.»

«Sa come si segue una pista…»

«Sì. Chiamai la polizia, ma non sarebbero mai arrivati in tempo, perciò parlai con il rapitore e lo convinsi a lasciarla andare. Lui mi diede retta e sparì – non è mio compito arrestare la gente – e io riportai la ragazza a casa sana e salva. Il rapitore fu preso qualche giorno dopo. Nell'altro caso, invece, la ricompensa era per un fuggitivo. Lo trovai in un fienile dietro una casa abbandonata fuori Portland.»

«Chi era l'ostaggio? Qualcuno degli abitanti della casa?»

«Era quello che avevo sospettato in un primo momento. Poi saltò fuori che era una mucca.»

Ruskin rise. Un secondo dopo si accorse che Shaw non stava scherzando.

«E?»

«Lo convinsi a lasciar perdere. Nessuna creatura di nessuna specie si è fatta male.»

«Capisco.»

Erano in viaggio ormai da quindici minuti e il panorama cominciava a cambiare, la geografia 2D lasciava spazio ad alberi e case, cominciarono una serie di curve dolci. Ruskin alzò appena il piede dall'acceleratore. Davanti a loro, tra le querce e gli aceri, Shaw scorse lo scintillio dell'acqua. Kiowa Lake. Ricordava di averlo visto sulla mappa. Uno specchio d'acqua imponente, più o meno quattro chilometri quadrati, sponde frastagliate e irregolari. Una meraviglia naturale deturpata dalla presenza di una diga.

La radio di Ruskin gracchiò.

«Che cazzo è questa storia?» chiese una voce burbera. «Un tizio che si barrica in una casa sul lago? Ci sono dei bambini là dentro?»

«Saremo sul posto tra cinque minuti, sceriffo» rispose Ruskin. «E a quel punto le saprò dire qualcosa di più. Come vanno le cose a Farmington?»

«Falso allarme. Una perdita di tempo. Parto adesso.»

Un'ombra attraversò lo sguardo di Ruskin, e Shaw ricordò che lo sceriffo gli aveva detto di essere già partito.

«Tempo stimato di arrivo?» chiese Ruskin.

Nessuna risposta.

«Sceriffo… sceriffo? Mi sente?»

La radio gracchiò di nuovo, ma stavolta non era il capo di Ruskin: gli comunicavano che l'unità tattica della polizia di Stato stava convergendo sul posto insieme a un team di negoziatori, ma non sarebbero riusciti a raggiungerli prima di un'ora.

«Capito, Sally. Grazie.»

Si voltò a guardare Shaw. «Di tanto in tanto, essere così fuori mano ha i suoi svantaggi.» L'uomo consultò il GPS. Seguì le indicazioni serpeggiando lungo le strade protette dall'ombra.

Prese la radio: «Qui è Pete. Chi c'è sulla scena?».

«Sono George. Sono davanti alla casa.»

Altri due agenti comunicarono che erano vicini all'obiettivo.

«Ricevuto.»

Ruskin avvistò il collega, rallentò e parcheggiò subito dietro la volante. La macchina di George era parcheggiata con le ruote anteriori sul giardino davanti alla casa. Per ripararsi, il massiccio poliziotto era rannicchiato dietro lo sportello del conducente. Gettò un'occhiata alle sue spalle quando Shaw e Ruskin lo raggiunsero.

La casa era tipica di quella zona vicina al lago. Con ogni probabilità intorno ai centosettanta metri quadrati, tre camere da letto, due piani, erba e siepi sul davanti, vialetto del garage sulla destra. Una Camry verde tutta ammaccata con la targa del Kansas era parcheggiata di sbieco, la portiera del conducente aperta.

Dietro l'edificio, un pontile si allungava sulle acque immobili del lago.

«Non ho intenzione di muovere un dito fino a che non saranno arrivati lo sceriffo e i ragazzi della polizia di Stato» disse Ruskin a Shaw. «Dobbiamo soltanto limitare i danni ed evitare che faccia del male a qualcuno. Se l'atmosfera si scalda, magari avrò bisogno di qualche consiglio. Ma nel frattempo le chiedo di tenersi a distanza. Al sicuro.»

«Esattamente quello che avevo in mente di fare.»

Gli agenti delle altre volanti si avvicinarono lentamente, accovacciati, testa bassa. La donna, Harper, era armata. Shaw si disse che non doveva aver atterrato troppi criminali nella sua carriera. E non tanto per la bassa statura, quanto per i grossi orecchini a cerchio. Facilissimo strapparglieli in uno scontro corpo a corpo. In compen so, sembrava perfettamente a suo agio a stringere il fucile Savage a canna corta.

Ruskin si guardò intorno. Spedì un agente, Jerry, a controllare le case dall'altra parte della strada.

«Fa' il giro largo, altrimenti rischi di diventare un bersaglio.»

«Certo, Pete.»

«Scegline una e sali al piano di sopra. Voglio un resoconto della situazione all'interno della casa, se possibile.»

Il poliziotto schizzò via.

«E tieni la testa bassa!»

Shaw chiese a George: «Chi è il proprietario della macchina?» e indicò la Camry.

«Ed Whitestone.»

Garner intervenne. «Ed? Lo conosco.» Si accigliò. «Ha una fattoria vicino all'autostrada. Non si è mai cacciato nei guai, per quanto ne so. Magari gliel'hanno rubata.»

Ruskin continuava a dare ordini. «Eddy, torna alla volante, fa' il giro e metti in sicurezza la strada.»

L'agente ripartì sgommando.

Con gli occhi stretti come due fessure, Ruskin si alzò e si avvicinò alla macchina di George, cercando di ritagliarsi una visuale favorevole. Shaw, non esattamente «a distanza» né tanto meno «al sicuro», teneva d'occhio le finestre. Nessun movimento.

Poi un colpo secco di pistola turbò la quiete di quelle strade sonnolente. Il rapitore sparava da una finestra al primo piano, più o meno in direzione delle auto, senza prenderne di mira nessuna in particolare. Un cassonetto blu slittò di qualche millimetro sulle rotelle all'impatto con un proiettile.

Gli agenti, già rannicchiati, si accucciarono ancora di più.

Poi furono raggiunti da una voce maschile: «Non provate a fare cazzate, coglioni!».

Arrivarono altre due volanti e si fermarono a distanza di sicurezza. Ne scesero due agenti, bianchi, giovani, capelli corti, e si avvicinarono.

Osservarono la casa; poi, con aria incuriosita, Shaw.

Ruskin li fece mettere in posizione. Raggiunsero di corsa gli alberi e si appostarono dietro i tronchi.

Il vicesceriffo aprì e chiuse le mani più volte. Si guardò intorno con aria incerta. Poi chiese a Shaw: «Qualche suggerimento?».

«Per prima cosa, migliorerei le condizioni di sicurezza. Si accerti che l'agente che ha mandato in perlustrazione abbia una buona visuale sul retro della casa. Potrebbero uscire da lì e salire su una barca.»

Ruskin chiamò Eddy e comunicò le istruzioni.

Shaw continuò: «E non risponderei al fuoco nemmeno se iniziasse a prenderci di mira. Non sappiamo dove si trova l'ostaggio. Se il sequestratore esce da solo e si mette a sparare… be', allora il discorso cambia. A quel punto, tutto dipende dalle vostre regole d'ingaggio».

Ruskin si lasciò sfuggire una risatina asciutta. Quella frase probabilmente non compariva nemmeno nel manuale delle forze di polizia agli ordini dello sceriffo della contea di Cimarron.

Il vice diramò gli ordini agli altri.

Dalla finestra giunsero delle urla furiose. Gli agenti aggiustarono la posizione di tiro. Ma nessuno sparò.

Ruskin fissò gli occhi sulla casa. Shaw sapeva cosa gli passava per la testa. Voleva agire, voleva fare *qualcosa*…

Il vicesceriffo incrociò lo sguardo di Shaw. E comprese la sua tacita domanda. Annuì.

Shaw cominciò: «Allora, queste sono le basi».

«Vada avanti.»

«L'approccio è quello del Modello a scala del cambiamento. È la strategia dell'FBI quando ci sono di mezzo degli ostaggi.»

Tom Pepper, amico e occasionale compagno di scalate di Shaw, era un ex agente dell'Agenzia. Era stato lui a insegnarglielo.

«Anzitutto, stabilisca una connessione. Abbiamo il numero di telefono dell'ostaggio. Lo chiami e veda se risponde. Nel caso, cerchi di scoprire se sta bene, e si faccia dire con esattezza chi c'è in casa. Se il sequestratore non è nelle vicinanze, gli chieda se è in grado di uscire da una finestra, altrimenti si faccia passare il rapitore.

«Si presenti. Non con la qualifica di *vicesceriffo*. Il nome e basta: lo sa già che è un agente di polizia. È importante che non dia l'impressione di voler far pesare la sua autorità. Si limiti a parlare un po'. Come va? Come se la cava? È ferito? Che succede di preciso? Lo stia a sentire. Lo *ascolti*. Gli dia corda, per quanto assurde o disturbanti possano essere le cose che dirà. Si chiama ascolto attivo. Cerchi di capire verso cosa è proiettato, cosa vuole. Empatia totale. Al cento per cento. Non riempia i silenzi, se ce ne saranno. Lasci che sia lui a farlo. La star è il rapitore. Non lo contraddica mai.»

Ruskin e i due agenti più vicini, Garner e H. Linton – capelli sale e pepe, un ex soldato, facile riconoscerlo – lo ascoltavano con attenzione.

«Insomma, primo: ascolto; secondo: empatia. Magari vuole ammazzare tutti gli immigrati del Paese. Magari odia gli ebrei, la sua famiglia, il presidente o i marziani. Quello che dirà potrà sembrarle folle o ripugnante, ma deve mettere da parte le sue idee e assecondarlo. Tutto ciò che dice sarà oro colato.

«Terzo: sfrutti l'empatia per stabilire un legame. Lo faccia sentire *capito*. Non dica mai: "Certo, è una buona idea", o il rapitore lo vedrà come un tentativo di manipolarlo. Gli dica che comprende quello che dice… e che prova. Gli dica che è dispiaciuto per il problema che lo sconvolge tanto.

«Quarto: cerchi di avere un ascendente su di lui. Faccia buon uso del legame che ha creato. In modo sottile. Se ci riesce, lo convinca ad accettare da bere e da mangiare, tutto quello che gli piace, non c'è problema, ma niente alcol. Gli chieda se vuole parlare con qualcuno. Non lo forzi mai, non lo spinga a fare qualcosa che non vuole. Se però intravede la possibilità di portarlo su una strada che gli è congeniale, allora non esiti. Si chiama rinforzo positivo.

«Infine, cerchi di modificare il suo comportamento. Questa è la parte difficile. Portarlo ad arrendersi. Ma non ci riuscirà certo dicendogli che si sbaglia e che ha torto. Gli dica piuttosto che è meglio che si arrenda per il suo stesso bene. Che è questo il modo migliore per realizzare i suoi piani, quali che siano.

«Un'ultima cosa: si riferisca spesso all'ostaggio chiamandolo per nome. Ogni volta che può. Il nome di battesimo li umanizza e rende il sequestratore più riluttante a uccidere.»

«Sono un sacco di cose da tenere a mente» commentò Ruskin.

«Vero, ma mi pare che abbia capito tutto.»

Il vicesceriffo fece un respiro profondo.

La radio interruppe la conversazione.

«Pete. Jerry.»

Era l'agente che aveva spedito a bussare alle case dall'altra parte della strada.

«Ti ascolto.»

«Qui stanno tutti bene. Una coppia mi ha permesso di salire al piano di sopra. Ho una buona visuale sulle finestre della casa. Le tende sono appena tirate, ma ho individuato un maschio bianco intorno alla cinquantina. È armato. Direi un revolver. Cammina avanti e indietro. Sembra che stia parlando con qualcuno. Ma non vedo il secondo uomo.»

Un'altra chiamata.

«Pete, sono Sally. Ho parlato con l'agente immobiliare. La casa è stata presa in affitto dal signor Lansing di New York per una settimana, a partire da un paio di giorni fa. Ha noleggiato l'attrezzatura da pesca e paga a parte per la barca e l'equipaggiamento.»

«Grazie, Sal. È venuto solo? Come si chiama?»

«Richard lui, l'altra persona non si sa.»

«Ricevuto. Dov'è lo sceriffo?»

«Tempo d'arrivo stimato: mezz'ora. Quaranta minuti per l'unità tattica.»

«Okay.»

Ruskin guardò Shaw, che annuì. Un incitamento silenzioso.

Il vice chiese a Sally il numero del cellulare da cui era partita la chiamata al 911. Lei glielo ripeté due volte. Ruskin lo mandò a memoria.

Poi guardò la casa, immobile come un lanciatore che studia il battitore. Digitò il numero e premette il pulsante verde.

Due squilli, tre.

«Chi è?»

«Ehi, salve. Mi chiamo Pete. Posso chiedere con chi sto parlando?»

«Non lo sapete? Non avete visto la macchina? O non siete nemmeno in grado di controllare una targa?»

«Magari è stata rubata. O presa in prestito.»

«Ed Whitestone.»

Non si è mai cacciato nei guai...

Ruskin disse: «Ti conosco, o almeno mi pare».

Whitestone non disse nulla.

Il vice fece per parlare, ma Shaw scosse la testa.

Non riempire i silenzi...

Fu il sequestratore a prendere la parola: «No che non mi conosci. Nessuno mi conosce. Nessuno capisce. E non ve ne frega un cazzo».

Shaw guardò Ruskin e alzò il pollice.

Fu il turno del vicesceriffo: «E invece me ne frega, Ed.

Voglio sentire quello che hai da dire. Sul serio. La situazione è delicata, e io devo sapere di che si tratta. Così possiamo farci venire in mente qualcosa. Non vogliamo che qualcuno si faccia del male. Su questo siamo d'accordo tutti, giusto?».

Silenzio.

«Come fa un uomo a vivere così? Come fa a sfamare la sua famiglia?»

«Stai attraversando un periodo difficile, Ed?»

«Un periodo difficile? Tu non sai nemmeno cos'è un periodo difficile. Tutta questa merda della crisi non vi sfiora neanche. Nessuno compra più la mia merce! E quello che avanza mi marcisce nei campi. Ma il mutuo? Lo devo pagare lo stesso! E le tasse? Me la abbonano? Col cazzo!»

«Ho letto qualcosa su questa storia, Ed. Quello che sta succedendo alle fattorie… è terribile, amico. Assolutamente ingiusto.»

Shaw annuì. Se la stava cavando bene.

Di nuovo, silenzio assoluto per un istante.

«Mettiamo pure che io venda la terra. Che lavoro vado a fare? Chi lo assume uno come me?»

«È dura, Ed. Accidenti… Ehi, per caso vuoi acqua, cibo?»

Nessuna risposta.

«Ti serve qualcosa? Vogliamo che tu ti senta a tuo agio, Ed. Sul serio.»

«Ma non mi dire» commentò il rapitore, sarcastico.

Ruskin si rese conto che non avrebbe dovuto aggiungere quel «sul serio». Aveva calcato troppo la mano.

Poi disse deciso: «È la verità». E aggiunse: «So che c'è qualcuno lì con te. Richard, se non sbaglio. Come se la cava?».

«Questo fighetto? Sta alla grande, alla faccia di noi altri.»

«Capito. Ti dispiace se ci parlo un attimo?»

Si sentì uno scambio concitato.

«Non è che volete fregarmi, eh, Pete?»

«Neanche per sogno, Ed, davvero. Il mio lavoro è accertarmi che tutti stiano bene. Tu e Richard. Solo questo.»

Una lunga pausa.

Poi arrivò un'altra voce maschile. Timida. «Sì?»

«Chi è? Richard?»

«Sì.»

«Sono il vicesceriffo Ruskin.»

«Il mio amico, quello con cui sono venuto qui... è in giro, a comprare birra e qualcosa da mangiare.»

«Lo troveremo. Stiamo pattugliando le strade. Tu stai bene?»

«Sì. Più o meno.»

«C'è qualcun altro in casa?»

«No. Io...»

Ed inveì: «Adesso basta. Dammi qua» e riprese il telefono. «Io penso che tu stia cercando di fregarmi, Pete.»

«No, no, te lo giuro.»

«Vi sentivo, cosa credi? Hai chiesto quanta gente c'è in casa. Hai intenzione di farmi qualche scherzo.»

«No, Ed. Te lo giuro. Non ti sto mentendo. Sto solo cercando di capire qual è il problema, così vedo se si può fare qualcosa.»

Shaw sussurrò: «Dovremmo far venire qui la famiglia di Ed».

Il vice annuì. «Ed, ti farebbe piacere se tua moglie facesse un salto qui? Ti va se la chiamiamo?»

Garner sussurrò: «Ha una figlia di dodici anni».

«E anche tua figlia. Adesso fa le medie, giusto?»

Ed parlottava tra sé e sé.

«Ed, la tua famiglia...»

La voce arrivò piatta, vuota. «Mi ha lasciato. Non reggeva più. Ha preso l'aereo e se n'è tornata dalla madre, su a Boise. Stamattina. Si è portata anche Sandy. Quando si dice la lealtà, eh?»

«Amico... Come se non avessi già abbastanza problemi... Mi dispiace.»

Ruskin sussurrò a Garner: «Chiamala».

L'agente si allontanò mentre prendeva il telefono dalla cintura.

«Ascoltami, Ed, pensi che ci sia qualcosa che possiamo fare per te?»

Shaw annuì soddisfatto.

Garner sollevò il telefono e scosse la testa. Mormorò: «Parte subito la segreteria».

«Non puoi fare proprio un cazzo per me, Pete. Tu no. Ma qualcun altro sì.»

«Di chi si tratta?»

Un'altra pausa. Poi Ed disse con un tono rabbioso: «Secondo *te*?».

«Non lo so, Ed, dimmelo tu. Voglio saperlo.»

«Un cazzo di banchiere; chi, sennò? Hanno condonato tutti i prestiti studenteschi. E perché mai gli agricoltori dovrebbero essere trattati peggio di quei teppistelli?»

«È un'ottima domanda, Ed.»

«Fa' venire qui qualcuno della banca. Possono condonare il *mio* debito. Ho lavorato sodo tutta la vita. Mi sono spaccato la schiena. Mica come quei cazzo di studenti, che imparano stronzate che non servono a niente. Però a loro il debito lo cancellano, vero? Non è giusto… Vuoi sapere qual è il problema? Lo vuoi un indizio?»

«Certo, Ed, voglio saperlo. Qual è l'indizio?»

«Noi agricoltori abbiamo una specie di motto. Se vuoi te lo dico.»

«Certo, Ed.»

«*Appassisco in una terra ostile*. Io e la mia famiglia… non ci meritiamo di essere trattati in questo modo.» Ripeté in tono solenne: «*Appassisco in una terra ostile*». Poi: «L'avevi mai sentito?».

«No, Ed, non mi era mai capitato. Ma voglio sapere qualcosa di più sulla tua situazione. Così vedo che posso fare.»

Silenzio. In sottofondo, un mormorio incomprensibile.

«Ed? Dimmi qualcosa di più...»

«Non voglio dirti più niente» fu la risposta secca. «Voglio un vicepresidente della First Union Trust qui entro mezz'ora. Altrimenti questo coglione muore.»

La linea s'interruppe.

Quattro

Due agenti scesero quasi di corsa dalla scintillante Lexus bianca ultimo modello che aveva inchiodato dietro la volante di Ruskin.

Il conducente era grosso – alto, massiccio, spalle larghe, capelli folti brizzolati – e sfoggiava dei baffoni da pistolero. Una piccola cicatrice a mezzaluna gli attraversava la guancia destra. Stessa uniforme degli altri: pantaloni marroni, camicia verde scuro. Ma lui aveva un accessorio extra: un abbagliante distintivo tondo con su scritto SCERIFFO. Dorato come il Rolex da più di duecento grammi che portava al polso. Il nome riportato era R. DOBBINS.

Gli agenti più giovani gli scoccarono un'occhiata che era tutta un programma. Sfuggente. Per non dire spaventata.

Lo sceriffo raggiunse Ruskin con due falcate e si inginocchiò impettito dietro la volante. Doveva avere da poco superato i cinquanta.

«Sceriffo. Mi permetta di illustrarle la situazione. Ed Whitestone...»

«Sì, lo conosco. Quello della fattoria, no? Che combina? Non è da lui.»

«È come se avesse avuto una specie di crollo. Problemi di soldi, e la moglie se n'è andata stamattina con la figlia.»

«Se n'è andata tipo che è andata a fare shopping o è andata andata?»

«Andata andata. È dalla madre, adesso.»

«L'avete chiamata?»

Intervenne Garner. «Sì, sceriffo. Le ho telefonato, ma è partita la segreteria. Ed deve essere parecchio fuori di testa. È un buon cristiano, e sta usando termini che non credo abbia mai pronunciato in vita sua.»

«Ostaggi?»

«Un tizio di New York, in città per tutta la settimana. È qui con un amico che è andato a comprare qualcosa da bere e mangiare. Volevano andare a pescare...»

Lo sceriffo lo zittì con un cenno della mano. «E *quello* chi sarebbe?»

«Si chiama Colter...» Un attimo di incertezza. «Giusto?»

Lui fece un cenno con la testa.

«Colter Shaw. Era qui sulle tracce di una ragazza scappata da Topeka. È stato lui a...»

«È un poliziotto?»

«No. Un privato cittadino.»

«Allora non può restare sulla scena del crimine.»

«Il signor Shaw ci stava dando una mano. In passato ha già avuto a che fare con sequestratori e ostaggi.»

Dobbins lo fissò con occhi inquisitori. «Quindi era un poliziotto.» Come a sottintendere che avesse mentito.

«No.» Colter gli spiegò in breve la questione delle ricompense.

Dobbins mugugnò, cercando di immaginarsi che razza di lavoro potesse mai essere quello.

«Ci è stato utile, sceriffo. Ci ha dato parecchie dritte per la negoziazione.»

«*Dritte*» sputò Dobbins, più che parlare.

Ecco un altro motivo per cui Shaw amava tanto la libera professione: da bravo figlio di un survivalista, aveva passato parecchio tempo in perfetta solitudine nella natura selvaggia intorno alla tenuta di famiglia, ai piedi delle vette della Sierra Nevada. Aveva scelto quel lavoro proprio per non dover rispondere a nessuno. Una ricompensa è un contratto unilaterale; non sei obbligato a trovare una persona scomparsa, un fuggitivo. Puoi ripensarci e tornartene per la tua strada come e quando vuoi.

«Fuori dai piedi. È una responsabilità tenerla qui.»

«È senza macchina, sceriffo.»

Dobbins inclinò la testa e piantò gli occhi addosso a Ruskin. «Oh. Quindi lo avete portato fino a una scena del crimine a bordo di un veicolo della polizia? Lo avete almeno trasportato in sicurezza sui sedili posteriori?»

«Uhm… No, sceriffo.»

Dobbins alzò gli occhi al cielo. «In fondo alla strada» disse a Shaw, impaziente. «Subito.»

Colter si fece a piedi un mezzo isolato e si fermò sul ciglio della strada, dato che da quelle parti non c'erano marciapiedi. Fece il giro della casa vista lago e arrivò nel parcheggio. Da quella parte la facciata non aveva finestre, solo solide assi di legno. Si avvicinò il più possibile a Ruskin, Garner e allo sceriffo Dobbins senza farsi vedere. Si accucciò e sbirciò in mezzo a un fitto cespuglio di camelie, foglie verde intenso, magnifici fiori rossi. Vedeva perfettamente gli agenti. Ruskin stava dicendo: «No, non a qualcosa in particolare. Al prato, al cassonetto».

Lo sceriffo studiò la casa. «Quando arriveranno i ragazzi della polizia di Stato?»

«Trenta, trentacinque minuti, immagino.»

Dobbins borbottò: «Avete piazzato qualcuno in quella casa, dall'altra parte della strada? O in quella dopo?».

«Sissignore. C'è Jerry. Tiene gli occhi incollati alla finestra del piano superiore.»

«Allora può incollarci anche la canna di un fucile. È un buon tiratore. Sono stato a caccia con lui. Anche tu, no? Dagli l'arma.»

Ruskin non rispose subito. «Sceriffo, credo che non sia necessario aprire il fuoco. Abbiamo appena iniziato a parlare, io e Ed. È sconvolto, questa è la verità. Ma non ha preso di mira nessuno. E c'è dialogo. Risponde, interagisce.»

«*Interagisce.*»

Più che una parola, era un ghigno sarcastico.

«Ha minacciato di uccidere l'ostaggio?»

«Be'... sì.»

«George?»

«Sì, sceriffo?»

«Nel mio bagagliaio c'è un Winchester. Portalo a Jerry.» Lo sceriffo aprì la Camry con il telecomando. «Fagli anche solo un graffio e ti scuoio vivo.»

«Sissignore, sceriffo. Farò attenzione.»

L'agente corse alla macchina.

Ruskin fece un profondo respiro. «Con tutto il dovuto rispetto, sceriffo, abbiamo instaurato un dialogo.»

«Ah, sì? E cosa vuole?»

«Chiede che la banca gli annulli i debiti.»

«Cazzo, e chi è che non lo vorrebbe? George! Ma che stai facendo? Muovi il culo, una volta nella vita. Non come quando giocavi nei Tigers.»

«Ho segnato quattro volte in una partita sola, sceriffo.»

«Sbrigati!»

Il giovane tirò fuori il fucile dal portabagagli facendo molta attenzione e lo sfilò dalla custodia. Un'arma da caccia pratica e funzionale. Niente mirino a lama o roba del genere. Era il puntatore telescopico della Nikon a indirizzare il proiettile verso il suo obiettivo. Ma lo faceva con efficienza assoluta.

Lo sceriffo sospirò. «Non dimenticare la cosa più importante.»

L'agente fissò con sguardo vacuo il suo capo.

«Le munizioni, figliolo. I proiettili. I colpi. Il piombo. Chiamalo un po' come ti pare. Ma devo pensare a tutto io, qui?»

«Ah, certo.» George afferrò diverse scatole, poi si affrettò per la stessa strada che Jerry aveva percorso per ordinare ai vicini di mettersi al riparo.

Lo sceriffo fece un cenno a indicare il telefono di Pete. «Hai il suo numero?»

«Non proprio il suo. Quello dell'ostaggio.»

Dobbins gli prese il cellulare, andò al registro delle ultime chiamate e fece partire la telefonata.

Ed rispose: «Il banchiere è arrivato?». Aveva messo il vivavoce.

«Quelli della banca non verranno, Ed. Sono lo sceriffo Dobbins. Stammi a sentire: io non negozio.»

«Ma lui… Pete ha detto che…»

«Datti una calmata, Ed. Scordati tutto quello che è successo fino a questo momento. Adesso la musica cambia.»

Anche da quella distanza, Shaw riusciva a vedere la smorfia di Ruskin, le labbra serrarsi.

«Ed ecco le nuove regole: tu abbassi la pistola ed esci con le mani bene in vista.»

La voce dell'uomo si fece improvvisamente lamentosa. «Voglio il vicedirettore della banca.»

«Scordatelo.»

«Allora Richard muore».

«E muori anche tu.»

«Non avete capito ancora niente, eh? Non me ne frega un cazzo.»

«Allora non te ne fregherà un cazzo neanche di crepare.»

Lo sceriffo rilanciò il telefono a Ruskin.

«Sceriffo, mi ascolti...»

Dobbins lo zittì. Prese la ricetrasmittente della Motorola. «Jerry, l'hai preso il Winchester?»

«Sì, sceriffo» gracchiò una voce metallica, la linea disturbata. «Sono pronto a sparare.»

«Vedi il bersaglio?»

«Solo a tratti. Continua a fare avanti e indietro.»

«Rimani in posizione.»

«Ricevuto.»

La smorfia di Ruskin era ormai di puro disgusto.

Shaw si allontanò dai cespugli e avanzò verso il parcheggio. Evitò la fanghiglia con le tracce di pneumatici costeggiando un grosso cumulo di immondizia. I procioni, o magari un orso, avevano fatto una capatina nel cassonetto. Shaw ricordò che l'affittuario veniva dallo Stato di New York, e forse proprio dalla metropoli, dato che né lui né il suo amico avevano pensato ad assicurare per bene i coperchi del cassonetto.

Sul retro della casa vide un pontile che si allungava per sette-otto metri sulla superficie piatta del lago. Un fuoribordo di tre metri era ricoverato a secco sotto un telone. Shaw non era esattamente un lupo di mare: le sue esperienze con l'acqua, in gioventù, erano legate più che altro agli insegnamenti del padre, e in genere includevano un bel tuffo forzato in un lago ghiacciato. Poi il padre aspettava che uscisse da solo e trovasse un modo per evitare un principio di congelamento.

Shaw prese un taccuino dalla tasca del cappotto e si appuntò qualcosa. Strappò la pagina e percorse la fila di volanti, compiendo un ampio giro per non farsi vedere dallo sceriffo. Raggiunse la donna, quella con gli orecchini a cerchio e la canna corta: accessori molto diversi tra loro, eppure dotati di una certa eleganza.

«Mi scusi, vorrei chiederle un favore.»

«Non le posso dare un passaggio.»

«No, non si tratta di questo. Pete Ruskin stava facendo un ottimo lavoro con il sequestratore. Ho qualche altro suggerimento per la negoziazione. Potrebbe dargli questo?» Le mostrò il foglietto. «Magari senza farsi notare... Lo sceriffo non mi vede di buon occhio.»

«Diciamo che non vede di buon occhio quasi nessuno.»

«È un problema per lei consegnare il foglietto?»

«Niente affatto.»

Cinque

«Non sono armato.»

Fermo sulla porta che dalla cucina dava nel salotto della casa vacanze, Colter Shaw teneva aperto il lembo del cappotto per mostrare la cintura.

Ed si voltò di scatto. «E tu chi sei?»

L'ostaggio lo fissò, forse ancora più scioccato dell'uomo con la pistola.

«Va tutto bene» disse Shaw. Si voltò per mostrare la schiena, poi lasciò ricadere il cappotto. Sempre con le mani alzate.

Ed andava per i cinquanta, pochi capelli, una bella abbronzatura, come del resto era normale per un agricoltore a luglio. Indossava dei jeans e una maglietta da lavoro blu, gli stivali erano logori e consunti oltre ogni possibilità di recupero, ma comunque solidi, robusti. «Chi sei?» ripeté con un filo di voce.

«Ero nell'ufficio dello sceriffo per parlare di altre faccende. Ho sentito quello che stava succedendo. Voglio solo dare una mano.»

Ed guardò verso la cucina, alle spalle di Shaw.

«Hai chiuso la porta, ma non la finestra. E avresti dovuto mettere quella sedia sotto il pomello. Funziona alla grande con i pavimenti in sughero.»

«Sei un cazzo di sbirro sotto copertura.»

«No. Sono un civile.»

«Mi scusi… ma che sta facendo?» Richard era un tipo massiccio con la carnagione scura. Si indovinavano i muscoli tesi sotto i jeans e la maglietta a maniche corte di Tommy Bahama fuori dai pantaloni. I capelli ricci erano di un bel rosso scuro.

Shaw lo ignorò. «Ed, mi chiamo Colter Shaw. Mi occupo di… risolvere questioni delicate, diciamo. Trovo persone scomparse, fuggitivi e simili.»

«Tu sei pazzo! Mettiti a sedere e tappati la bocca, cazzo!» Ed aveva un'espressione stravolta. La pistola che impugnava era un vecchio revolver, un modello a canna lunga, probabilmente una calibro 38, come quella degli sbirri nei vecchi polizieschi. Il tamburo poteva contenere sei pallottole, e Shaw sapeva per certo che due colpi erano già stati sparati.

Certo, si poteva sempre ricaricare.

Si mise a sedere accanto a Richard. «Qui fuori c'è uno sceriffo che non vede l'ora di mettersi a sparare.»

«Lo stronzo che mi ha chiamato!?»

«Sta solo cercando una scusa. Se si arriva allo scontro a fuoco, rischiate grosso tutti e due. Quindi tenetevi lontani dalle finestre e non fate nulla che possa risultare minaccioso. E smettila di sparare dalla finestra.»

«Tu... Tieni le mani dove posso vederle!»

«Certo. E un'altra cosa, Ed: ho sentito quello che hai detto a proposito dell'appassire in una terra ostile. So di che parli.»

Per un momento lo sguardo dell'uomo si addolcì.

Shaw continuò: «Sono cresciuto in California. I miei genitori avevano un po' di terra. È una vita dura, solo tasse su tasse...».

«Davvero, amico» intervenne Richard. «Non avresti dovuto.»

«La polizia di Stato sta per arrivare. Saranno i negoziatori a prendere le redini della situazione. Lo sceriffo è una testa calda, ma risolveremo tutto. Adesso, Ed, ho una proposta per te. Voglio prendere il posto di Richard. Lascialo andare. Rimango io.»

Ed guardò Richard, che si infiammò: «Non ho bisogno di qualcuno che mi faccia da balia».

«Ve l'ho detto, mi occupo di continuo di situazioni come questa. È il mio lavoro.» Shaw diede un'occhiata veloce alla stanza, con studiata indifferenza, alla ricerca di armi. Una mazza da baseball in un angolo. E in cucina c'erano sicuramente anche dei coltelli. «Va bene per te, Ed? Voglio che tu sia d'accordo.»

Il sequestratore sembrava contrariato. «No che non sono d'accordo. Scordatelo. Il banchiere sta arrivando?»

«Per il momento, non preoccupiamoci del banchiere... Se mi dai ascolto, Ed, si risolverà tutto. Va bene?»

L'agricoltore annuì lentamente.

Shaw si voltò verso Richard. «Lei rimanga dov'è.»

«Gesù» sussurrò quello. «Un pazzo. Sei completamente pazzo.»

Sei

Mentre esaminava attentamente il salotto della casa sul lago, Shaw pensò che non era la prima volta che si sentiva dire una cosa del genere.

Che cosa hai fatto? Sei pazzo, Colter…

Qualche anno prima, frequentava una donna che aveva commentato così la sua decisione di calarsi a corda doppia per una scarpata di novanta metri nel cuore della notte. Una notte ventosa, per l'esattezza.

Non che le avesse chiesto di fargli compagnia. Era riuscito nell'impresa il giorno prima di quello che si sarebbe rivelato il loro ultimo appuntamento.

Pazzo…

Per lui era stata una passeggiata. L'aveva fatto più che altro per combattere la noia. È il curioso paradosso di chi vive secondo il codice della sopravvivenza. Il punto, ovviamente, è rimanere in vita. Ma quest'ovvietà non coglie un dettaglio fondamentale: non vivi davvero fino a che non ti trovi ad affrontare un pericolo cui sei *costretto* a scampare.

Il telefono di Richard squillò di nuovo.

«Non ti avvicinare alla finestra» gli ricordò Shaw. «Potrebbe cercare di attirarti in posizione per fare fuoco.»

Ed guardò l'iPhone, quindi rispose. «È arrivato il banchiere? Io non...»

«Fanculo il banchiere!» urlò Dobbins.

Non era in vivavoce, ma Shaw lo sentì comunque dall'altra parte della stanza.

«Voglio Shaw» berciò lo sceriffo. «E subito.»

Ed era paralizzato, la pistola ancora puntata a metà strada tra Richard e Shaw.

Colter disse: «Gli dica che parlerò con Ruskin, e solo con lui».

«Ha detto...»

Lo sceriffo Dobbins si infuriò. «Ho sentito, ma non è lui che decide chi parla con chi. Passamelo.»

Shaw disse allora a Ed: «Va bene» e allungò la mano per prendere il telefono.

Ed scosse la testa, come se avesse paura che Shaw provasse ad aggredirlo. Colter, allora, gli indicò il tavolo. «Lascia il telefono lì.»

L'agricoltore poggiò il cellulare e indietreggiò, tenendosi lontano dalle finestre. «Le mani. Tienile dove posso vederle.»

Shaw obbedì e si alzò con gesti lenti. La canna della pistola non era rivolta direttamente su di lui, ma il colpo era in canna, pronto a partire. Ed non doveva far altro che sfiorare il grilletto. E possono capitare dei bei pasticci se qualcuno se ne va in giro con una pistola armata.

Shaw prese il cellulare.

«Pronto?»

«Che cazzo crede di fare?»

«Mi sono già trovato in situazioni simili, sceriffo. Non c'è bisogno dell'unità tattica. Ed si sta mostrando ragionevole.»

Lo sceriffo latrò: «Finirà in galera, per questo. *Se* riporterà a casa la pelle. E adesso mi ritrovo con due ostaggi da gestire, non uno. Grazie tante, enorme testa di cazzo. Nevicherà all'inferno prima che l'accusa chiuda un occhio con lei. Non le darò tregua.»

«Parleremo quando saranno arrivati i rinforzi. Fino a quel momento, la saluto.»

«Brutto figlio di…»

Shaw riagganciò.

Passò distrattamente il telefono a Ed con molta naturalezza, e l'agricoltore si sporse d'istinto per prenderlo. Poi si bloccò. In una frazione di secondo Shaw lanciò via il cellulare e si gettò di peso contro Ed, afferrandogli un polso, bloccandogli la mano con cui teneva la pistola e spingendolo verso il piccolo ingresso di fronte al salotto. Rotolarono a terra, picchiandosi e abbrancandosi nel tentativo di riprendere l'arma.

La canna della pistola puntava ogni momento in una direzione diversa, da Ed a Shaw e viceversa.

Mentre Colter cercava di trovare un minimo di aderenza sul rozzo tappeto da due soldi, Ed si girò rapido sul fianco, la mano ancora sulla pistola. Partì un colpo. Il rumore fu assordante.

Shaw si lasciò alle spalle la sagoma inerte di Ed sul pavimento dell'ingresso. Con il respiro mozzato, tornò in salotto.

Il telefono aveva ripreso a squillare, e la voce di Dobbins irruppe dagli altoparlanti della macchina. «Che succede? Shaw? Qualcuno mi dica qualcosa.»

«Sta bene?» chiese Richard. Era in piedi.

Shaw annuì, il volto una maschera costernata. «Non volevo. Non sarebbe dovuto succedere. Se si fosse arreso... pensavo...»

«Quindi è...»

«Morto» disse Shaw con voce piatta. Si guardò intorno, alla ricerca del telefono che continuava a squillare.

«Dov'è finito?»

«Sotto il divano» gli indicò Richard.

Shaw posò la pistola su un tavolino e attraversò la stanza.

Appena si inginocchiò, sentì Richard chiamarlo: «Shaw».

Alzò la testa.

L'ostaggio si era messo dei guanti in lattice blu e aveva preso la Colt. Adesso gliela puntava dritto al petto. E premette il grilletto.

Sette

I paramedici correvano sul vialetto infestato dalle erbacce.

Gli operatori, un uomo e una donna massicci sulla trentina, indossavano larghe uniformi con mille tasche da cui spuntavano attrezzi di ogni tipo. Entrambi avevano dei tatuaggi, lui sul collo (il logo di un gruppo rock), lei sul dorso della mano (una farfalla con gli occhiali da sole).

Una volta in casa, si precipitarono verso il ferito, immobile sul pavimento del salotto, si inginocchiarono e approntarono le prime misure di soccorso.

Innanzitutto, liberare le vie respiratorie.

Non era davvero necessario, in quel caso, considerando la natura delle ferite. Ma erano addestrati a seguire il protocollo.

Lo sceriffo Dobbins arrivò correndo. «Se la caverà?»

«La terremo informato, sceriffo» disse la Signora delle Farfalle.

«Non-lo-sapete?» chiese lo sceriffo in tono gutturale,

così di fretta che sembrava che avesse pronunciato una sola parola.

«La terremo informato» ribadì l'altro, auscultando il battito.

Lo sceriffo Dobbins si fece da parte e mormorò all'agente alla sua destra: «Ho solo fatto una domanda. È così difficile rispondere in modo civile?».

Colter Shaw, che osservava il balletto dei paramedici, non disse una parola.

Ruskin li raggiunse e guardò l'uomo a terra. Quello che sosteneva di chiamarsi Richard Lansing. «Come sta?»

Dobbins ringhiò: «Non si sa. E non chiederlo, se non vuoi che ti stacchino la testa».

Sia la Rockstar sia la Signora delle Farfalle procedevano impenetrabili.

I colpi di Shaw erano stati veloci e diretti, ma non credeva di aver ferito l'uomo troppo gravemente. Quando Richard aveva premuto il grilletto, il cane aveva fatto girare un tamburo vuoto. E aveva capito all'istante di essere stato fregato. Shaw aveva svuotato il caricatore nell'ingresso, mentre Ed era a terra.

Shaw stava per chiamare Dobbins e Ruskin per concludere l'arresto, quando Richard aveva mollato la Colt e la sua mano era scattata verso la cintura, dietro la schiena.

Shaw non aveva pensato all'eventualità di una seconda arma. Si era lanciato in avanti e con il palmo della mano bene aperto lo aveva colpito alla mascella. Poi si era girato di lato, pronto a dargli una gomitata all'altezza del plesso solare. Ma il colpo di grazia non era stato necessario. Richard era andato al tappeto come un sacco di patate.

Shaw aveva raccolto e scaricato la pistola – una baby Glock – osservando con aria divertita il suo avversario che cercava di immettere aria nei polmoni. Dieci anni a inseguire ricompense, e non gli era mai capitato di mettere al tappeto qualcuno.

Dobbins disse: «Lo ha conciato per le feste».

«Be', se cerchi di usare una pistola, devi essere pronto ad affrontarne le conseguenze.»

«Questo è poco ma sicuro.»

Ed Whitestone era in un angolo del salotto, ormai fuori dal ruolo di vittima accidentale delle maniere un po' brusche di Colter Shaw. Il proiettile era finito nel pavimento. L'agricoltore era al telefono. Quando finì di parlare, raggiunse gli altri.

«Che Dio la benedica» disse, con voce rotta. Poi gettò le braccia al collo di un Colter Shaw sbigottito e scoppiò in singhiozzi.

Otto

Era Quinn il vero cognome di Richard.

Sì, veniva davvero da New York. Ma qui finiva la verità e cominciavano le menzogne. Minorenne, aveva già scontato una pena per rapina a mano armata. Negli anni si era fatto qualche altro mese dietro le sbarre per droga e, più di recente, ormai trentaquattrenne, era nel mirino di FBI e polizia di New York per i suoi legami con una banda della East Coast.

Il compare che lo aveva accompagnato a Humble, un certo Terry McNab, verosimilmente non era un campione di pesca. Residente a Brooklyn, era invischiato nello stesso giro.

Per ragioni ancora da appurare, i due avevano preso in affitto la casa sul lago per inscenare un finto rapimento. Be', rifletté Shaw, era più che altro un rapimento *rovesciato*. Avevano scelto una famiglia a caso, i Whitestone, e avevano fatto irruzione in casa loro.

McNab era rimasto con moglie e figlia mentre Quinn raggiungeva la casa sul lago insieme a Ed, costringendolo a calarsi nella parte del rapitore che teneva in ostaggio la finta vittima, ovvero Quinn stesso, l'"ostaggio" Richard Lansing. Se non avesse fatto alla lettera tutto quello che Quinn gli ordinava, McNab avrebbe torturato la moglie di Ed e la bambina.

Ma una serie di dettagli avevano fatto concludere a Shaw che in tutta quella storia qualcosa non tornava. Il messaggio che aveva scritto a Ruskin non aveva niente a che vedere con la negoziazione. Recitava:

Vi stanno fregando. Richard è il sequestratore e Ed è l'ostaggio. Mandate gli agenti a casa di Ed il prima possibile. Lì c'è il compare di Richard, tiene prigioniere la moglie e la figlia per ricattarlo. Non ho idea del perché.
Io entro in casa. Appena la famiglia sarà al sicuro, chiamatemi. Pronunciate la frase: «Nevicherà all'inferno». A quel punto procederò.
Ti scrivo questo messaggio perché non c'è da fidarsi dello sceriffo. Troppa fretta di sparare. E la Lexus e il Rolex? Con lo stipendio da sceriffo? Ha qualcosa da nascondere?

Adesso Quinn era stato medicato, ammanettato e sbattuto sul sedile posteriore della volante di Ruskin.

Lo sceriffo, il vice e Shaw erano sul prato davanti alla casa. Dobbins se ne uscì: «Quindi non si fidava di me, eh?».

C'era solo una risposta possibile. «No.»

Ruskin si schiarì la gola. «Lo sceriffo Dobbins è benestante. Non avrebbe bisogno di lavorare. E invece sgobba dalla mattina alla sera e…»

«Basta così.»

Era stato lo sceriffo a pronunciare le parole in codice sulla neve all'inferno: segno che Ruskin si fidava di lui.

«Come ha fatto a capire tutto?» chiese a Shaw.

«Ci arriveremo. Ora non c'è tempo.» Tenne gli occhi fissi su Richard Quinn, sul sedile posteriore della volante. Il sole gli accendeva i capelli ricci di una sfumatura rosso fuoco.

«Che fretta c'è?»

«Sta succedendo qualcosa.» Shaw distolse lo sguardo. «Hanno architettato tutta questa faccenda…»

Ruskin schioccò le dita «… solo per attirare qui l'intero ufficio dello sceriffo. Per tenerci lontano da qualche altro colpo che si concludeva chissà dove nella contea.»

Shaw convenne: «Penso proprio di sì».

«Ma cosa?» mormorò Dobbins. «Una rapina? C'è gente messa bene, da queste parti, ma non è che circolino tutti questi milionari. Come da qualunque altra parte, ci sono banche, gioiellerie e via dicendo. Niente per cui valga la pena rischiare la pelle. In questo Stato è in vigore la pena di morte.»

Ruskin rifletté: «La contea di Cimarron è una zona di transito».

Shaw concluse: «Ecco. È questo il punto. Ce l'avete qualcosa di valore, eccome. L'autostrada».

Lo sceriffo scoppiò a ridere. «Quei due ci tenevano impegnati mentre i complici si fregavano un carico diretto a nord.»

«Droga» dissero all'unisono Shaw e Ruskin.

La I-35 arrivava dritta in Messico, tagliando lo Stato da parte a parte.

Dobbins annuì. «Probabilmente, ormai l'operazione è saltata. Dato che i complici non hanno più avuto notizie da Quinn o McNab, immagino che abbiano annullato il colpo.»

«Possibile» disse Shaw. «Ma io non ci conterei. Magari Quinn aveva paura che gli avreste messo il telefono sotto controllo, e quindi ha dato il via libera appena è entrato in casa con Ed e ha visto che tutti voi del dipartimento eravate accorsi qui. Dobbiamo scoprire i dettagli del piano.»

La testa di Dobbins scattò verso la volante con il criminale. «Okay» disse a bassa voce. «Lo scoprirò.» E si incamminò verso la macchina.

«Sceriffo, se vuole una mano per l'interrogatorio...» propose Ruskin. «Forse il signor Shaw...»

«Naaa» fece quello, sollevando la mano grassoccia. «Sono a posto così.»

Nove

Quasi al tramonto, Shaw e Ruskin erano assieme allo sceriffo nel suo ufficio.

Bevevano Budweiser. Shaw non conosceva le leggi sul consumo di alcol negli uffici pubblici nella contea di Cimarron. Forse era tutto a posto, forse no. In ogni caso, eccoli là.

La chiacchierata tra lo sceriffo e Richard Quinn era stata breve. Più un monologo, in realtà. Il messaggio era stato più o meno questo: *Se quelle teste di cazzo dei tuoi compari assaltano il camion e qualcuno ci lascia le penne, sarà come se il grilletto l'avessi premuto tu. E se si fa male qualche innocente, non riuscirà a salvarti dall'iniezione letale neanche un principe del foro.*

Però... tu sputa fuori tutto, e io ci metterò una buona parola con l'accusa. Magari strapperò una condanna ridotta, e dopo ti becchi il programma protezione testimoni.

Quinn aveva vuotato il sacco. Avevano preso tutti, McNab incluso.

Lo sceriffo aveva i suoi metodi per convincere i criminali a collaborare.

Gli agenti della contea e la polizia di Stato avevano intercettato un autocarro che trasportava un centinaio di pacchi pieni di oppiacei e cocaina. I texani nel furgone, legati al cartello del Chihuahua, erano caduti nella trappola. Non era stato sparato un colpo. Quelli di Brooklyn se l'erano davvero fatta sotto, e avevano rinunciato al piano quando il loro contatto nella casa del lago non aveva risposto al telefono. Se l'erano semplicemente filata oltre il confine del Missouri, ma alla fine erano stati presi anche loro.

Lo sceriffo puntò la bottiglia verso Colter. «Forza, Shaw, sputi il rospo. Come ci è arrivato?» A quanto pareva, per il ricco e scontroso sceriffo chiamare il prossimo per cognome era un segno di rispetto.

«Ce l'ha detto Ed.»

Un sorso, poi un grugnito che stava a significare: *Avanti, si spieghi meglio.*

«Lei non l'ha sentito, sceriffo. Ma Ed ci ha detto che voleva darci un indizio per farci capire i suoi guai. Ha usato la parola "indizio" un paio di volte. E poi ha detto: "Appassisco in una terra ostile". Dopo ha aggiunto: io e la mia famiglia.»

«No, non conoscevo questo modo di dire prima e non lo capisco adesso. Che significa?». La birra era finita. Ne aprì un'altra.

Ruskin rise. «Ma certo. Le iniziali. A, appassisco, I, in. Poi la U, la T e la O. Accidenti. *Aiuto*. Aiutate me e la mia famiglia.»

«Gesù Cristo. Per caso lei è uno di quei fanatici del Sudoku?»

«Quelli sono numeri, sceriffo.»

«*Lo so*, cazzo.» Adesso la bottiglia era puntata in direzione di Ruskin. «*Tu* però non ci eri arrivato, ragazzo.»

«Era il mio primo caso di sequestro di persona, sceriffo. Non ho pensato a dei giochi di parole, ecco.»

Shaw continuò: «Mi è sembrato impossibile che fosse una semplice coincidenza. E poi c'erano anche altre incongruenze: tre tracce di pneumatici nel parcheggio, lasciate il giorno prima. Si vedevano bene nel fango. Una era di un mezzo pesante, un furgoncino. E poi due berline. Magari non c'entrava niente, però mi è sembrato curioso. Come mai tanti visitatori, se erano davvero due amici di New York?

«E poi, gli animali che erano entrati nel cassonetto. Dovevano aver impiegato almeno un paio di giorni per combinare quel casino. Ma Lansing non aveva usato la barca: era ancora coperta dal telone. E chi è che affitta una casa sul lago, paga una barca e non la usa?»

Ruskin intervenne. «Però scommetto che l'avrebbero usata presto. Per buttare nel lago i corpi di Ed e della sua famiglia.»

«Lo penso anche io» confermò Shaw. «Infine, l'ultima domanda: se Ed aveva davvero perso il lume della ragione, perché si era fatto dieci chilometri in macchina per raggiungere una casa sul lago e chiedere di vedere un banchiere? Perché non era andato in *banca*? E avete notato tutte quelle pause, mentre parlava? Era Quinn che lo istruiva su quello che doveva dirci. Troppe cose che non tornavano. Perciò mi sono detto che era meglio entrare e vedere con i miei occhi.»

Nel suo mestiere di cacciatore di ricompense – anzi, in tutta la vita – aveva sempre preso le decisioni come gli aveva insegnato suo padre, il survivalista: innanzitutto, assegnare delle percentuali alle varie opzioni; in secondo luogo, scegliere l'approccio più logico. In quel caso, come aveva detto a Ruskin, aveva attribuito un novanta per cento di probabilità all'ipotesi che Ed fosse innocente. Certo, rimaneva pur sempre un dieci per cento che poteva far scoppiare un casino. Ma a volte non puoi far altro che scendere a corda doppia in una notte nera e ventosa.

E sperare di cavartela.

Lo sceriffo fece una risata roca. «Ehi, Shaw, se le serve un lavoro...»

«Passo, grazie.» Poi, subito: «Però avrei un favore da chiederle...».

Dieci minuti dopo, Shaw era in una stanzetta del dipartimento dello sceriffo della contea di Cimarron. Era seduto accanto a Peter Ruskin mentre un agente mandava i filmati. Le immagini riprendevano da varie angolazioni l'incrocio in cui Shaw aveva perso le tracce di Emma Cummings.

«Ecco» disse Shaw. «È lei, al semaforo. Sulla Dodge arancione.»

«Accidenti. La ragazza guida una Charger. Lo conosco quel modello. Ha un'intera mandria di cavalli sotto il cofano.»

Scattò il verde, Emma svoltò a destra, sulla State Route Seventeen.

«Non ci sono i nativi americani da quelle parti?»

«In effetti. Una piccola riserva. Un paio di musei. E il casinò, ovviamente. Una trentina di chilometri più su lungo l'autostrada.»

«Okay. Grazie, agente.»

Venti minuti dopo, Shaw era a bordo della Winnebago, con una busta del pollo fritto di Ling Yung che spandeva il suo profumo dal sedile del passeggero. Percorreva la strada che aveva preso Emma. Dov'era la ragazza? Trenta chilometri più su? O trecento?

In tasca aveva la busta che la madre gli aveva chiesto di consegnarle. Ovvio, era curioso. Che cosa c'era dentro? Una lettera di scuse? Una qualche invettiva con la quale la ripudiava? E *cos'era* quello strano oggetto?

Nel suo lavoro Shaw si ritrovava spesso a dire a se stesso che non doveva lasciarsi coinvolgere. Qualcuno gli offriva del denaro, lui faceva il suo lavoro, poi passava oltre.

Ma certe volte non era così semplice.

E ora aveva la sensazione che fosse una di quelle.

Colter Shaw non poteva fare nulla per aiutare Emma e la madre, se prima non la trovava.

Ogni cosa a suo tempo.

Finito di stampare nel mese di ottobre 2020 presso
Grafica Veneta – via Malcanton, 2 – Trebaseleghe (PD)

Printed in Italy

Basiswissen Statistische Methoden

Basiswissen Statistische Methoden

Markus Antonius Wirtz

Programmbereich Gesundheitsberufe